外国文学名著丛书

〔法〕让-保尔·萨特／著

文字生涯

沈志明／译

"外国文学名著丛书"编委会

人民文学出版社

著作权合同登记号　图字 01—2013—6772

Jean-Paul Sartre
LES MOTS
© Editions Gallimard, Paris, 1964
Simplified Chinese translation Copyright © People's Literature Publishing House 2020
All rights reserved

图书在版编目(CIP)数据

文字生涯/(法)让-保尔·萨特著;沈志明译.—北京:人民文学出版社,2020(2024.5重印)
(外国文学名著丛书)
ISBN 978-7-02-016134-8

Ⅰ.①文… Ⅱ.①让…②沈… Ⅲ.①自传体小说—法国—现代 Ⅳ.①I565.45

中国版本图书馆 CIP 数据核字(2020)第 033160 号

责任编辑	黄凌霞
装帧设计	刘　静
责任印制	王重艺

出版发行	人民文学出版社
社　　址	北京市朝内大街 166 号
邮政编码	100705
印　　刷	河北新华第一印刷有限责任公司
经　　销	全国新华书店等
字　　数	124 千字
开　　本	850 毫米×1168 毫米　1/32
印　　张	6.25　插页 3
印　　数	8001—10000
版　　次	1990 年 8 月北京第 1 版
印　　次	2024 年 5 月第 3 次印刷
书　　号	978-7-02-016134-8
定　　价	45.00 元

如有印装质量问题,请与本社图书销售中心调换。电话:010-65233595

让-保尔·萨特

出版说明

人民文学出版社自一九五一年成立起,就承担起向中国读者介绍优秀外国文学作品的重任。一九五八年,中宣部指示中国科学院文学研究所筹组编委会,组织朱光潜、冯至、戈宝权、叶水夫等三十余位外国文学权威专家,编选三套丛书——"马克思主义文艺理论丛书""外国古典文艺理论丛书""外国古典文学名著丛书"。

人民文学出版社与中国科学院文学研究所,根据"一流的原著、一流的译本、一流的译者"的原则进行翻译和出版工作。一九六四年,中国社会科学院外国文学研究所成立,是中国外国文学的最高研究机构。一九七八年,"外国古典文学名著丛书"更名为"外国文学名著丛书",至二〇〇〇年完成。这是新中国第一套系统介绍外国文学作品的大型丛书,是外国文学名著翻译的奠基性工程,其作品之多、质量之精、跨度之大,至今仍是中国外国文学出版史上之最,体现了中国外国文学研究界、翻译界和出版界的最高水平。

历经半个多世纪,"外国文学名著丛书"在中国读者中依然以系统性、权威性与普及性著称,但由于时代久远,许多图书在市场上已难见踪影,甚至成为收藏对象,稀缺品种更是一书难求。在中国读者阅读力持续增强的二十一世纪,在世界文明交流互鉴空前频繁的新时代,为满足人民日益增长的美好生活的需要,人民文学出版社决定再度与中国社会科学院外国文学研究所合作,以"网罗经典,格高意远,本色传承"为出发点,优中选优,推陈出新,出版新版"外国文学名著丛书"。

值此新版"外国文学名著丛书"面世之际,人民文学出版社与中国社会科学院外国文学研究所谨向为本丛书做出卓越贡献的翻译家们和热爱外国文学名著的广大读者致以崇高敬意!

"外国文学名著丛书"编委会
二〇一九年三月

编委会名单

（以姓氏笔画为序）

1958—1966

卞之琳	戈宝权	叶水夫	包文棣	冯　至	田德望
朱光潜	孙家晋	孙绳武	陈占元	杨季康	杨周翰
杨宪益	李健吾	罗大冈	金克木	郑效洵	季羡林
闻家驷	钱学熙	钱锺书	楼适夷	蒯斯曛	蔡　仪

1978—2001

卞之琳	巴　金	戈宝权	叶水夫	包文棣	卢永福
冯　至	田德望	叶麟鎏	朱光潜	朱　虹	孙家晋
孙绳武	陈占元	张　羽	陈冰夷	杨季康	杨周翰
杨宪益	李健吾	陈　燊	罗大冈	金克木	郑效洵
季羡林	姚　见	骆兆添	闻家驷	赵家璧	秦顺新
钱锺书	绿　原	蒋　路	董衡巽	楼适夷	蒯斯曛
蔡　仪					

2019—

王焕生	刘文飞	任吉生	刘　建	许金龙	李永平
陈众议	肖丽媛	吴岳添	陆建德	赵白生	高　兴
秦顺新	聂震宁	臧永清			

译 本 序

让-保尔·萨特(1905—1980)于四十年代前期蜚声法国文坛,到了四十年代后期,他的声望从法国的思想界、文艺界扩大到整个西方的思想文化界,乃至政治理论界,一时间成了叱咤风云的人物。这位公认的西方思想界巨头成为社会活动家之后,却在严酷而错综复杂的现实政治斗争中处处碰壁,连连受挫。五十年代前期,"萨特冲击波"盛极而衰。眼睛一直向前看的萨特,开始回顾自己的生活历程。他不无惊讶地发现自己的全部著作原是十足疯狂的产物:"我心安理得地认为自己是天生的作家","我是赋有天命利的"。① 于是他决定撰写自传,追本穷源,"解释我的疯狂,我的神经病的起因"②,试图说明以写作为天职的普卢如何演变成名震一时的萨特。他运用存在决定意识的思想和弗洛伊德的精神分析方法进行了一次无情的自我批判。

萨特从自己的出身、儿时的生活环境、所受的家庭教育以及本世纪初充满假想英雄的社会气氛入手,很快发现:"我实际上是一件文化家产。文化浸透了我,我以文化的光辉反射着家庭,如同傍晚池塘反射着白日的炎热。"这个书香子弟受

---

①② 《让-保尔·萨特谈〈文字生涯〉》,《世界报》1964 年 4 月 18 日。

到了典型的法国小资产阶级的文化熏陶。婴儿时丧父,和母亲一起寄居在外祖父母家。外祖父是新教徒,具有文艺复兴时期的人文主义思想;外祖母是天主教徒,骨子里却怀着伏尔泰式的对宗教的怀疑。普卢凭耳濡目染,看出笼罩在他周围的宗教气氛只是家庭喜剧的组成部分。萨特在一九五一年说过:"我出生在一个半耶稣教半天主教的家庭,面对两教的争议,从十一岁开始,我的信念已确定":"上帝不存在";并确信"建立在宗教基础上的道德必然导致反人道主义。"①在他的著作中曾多次引用尼采的名言:"上帝已经死亡",并比这位推倒一切偶像和传统的"超人"走得更远,他一反笛卡儿证明上帝存在的逻辑推论,不无过分地扬言能"证明上帝不存在"②。这部自传便是他的又一次尝试。可是我们知道,文艺复兴时期的人文主义思想虽然强调人的价值,把人视为自己命运的主宰,但始终难以完全摆脱宗教的外壳。何况高卢人信奉基督教已有一千三百多年的历史,基督教思想长期统治着西方文化。人文主义思想尽管与之对立,但人们在探求万有的本原时,总想找个造物主,提出"人为万物之灵",仿佛人负有神的使命。萨特受到了很深的影响,他虽然多次声称是"彻底的无神论者",但始终没有讲清楚他提出的"他人","他人的目光"和"第四者,即组织者"究竟是什么。

一切哲学都要有个起点。萨特哲学思想的出发点是他多次引用陀思妥耶夫斯基的那句名言:"倘若上帝不存在,一切都是可能的。"上帝不存在的假设使萨特处于窘迫的境况,但

---

①② 《萨特谈萨特戏剧》,见《萨特戏剧集》附录,人民文学出版社1985年版。

也使他获得"人注定是自由的"这个立足点。上帝不存在,人的价值失去了终极的依据、尺度和目的,人"被抛入这个混沌的世界","没有根据","没有意义",面临这个敌意的、充满威胁的世界,人必然感到"焦虑"、"恐惧",与生俱来的自由意味着"痛苦"、"苦恼"。那么人来到世上干什么?人的本质是什么?我是谁?这样,人的实在,人的地位,人的意识(即"自我",主观之我),总之,"人"成了萨特存在哲学的中心问题。大凡哲学家把目光盯着人的共同性、人的本质这一普遍概念上,再根据这个普遍概念确定道德标准:"人的本质先于存在。"萨特把这个论点颠倒了过来:"人的存在先于人的本质",指出人赤条条来到世上并无本质可言,人"自我存在"以后才获得"自我本质"。萨特不同于弗洛伊德,后者否定社会现实世界对"自我"具有决定性的制约作用。而他却承认人的存在决定人的意识:我们的思想"自然而然产生于我们所接受的文化",但他认为可以摆脱外在世界的决定性作用而进行"自我选择","自我设计",这种自由在他看来是绝对的。战争的悲剧使他明白:"单在任何情况下选择总是可能的结论是错误的,非常错误,以致后来我自己批判自己。"①

萨特这里所说的人,是指具体的人,即具体的实例——个人,不是一定社会关系的总和的人。他企图通过千差万别的某个现实的个体来说明人。一般哲学家只掌握普遍的原则,着力于理念的真实存在,而忽视具体的真实。萨特提出了挑战,他把个别的人作为他的存在哲学的对象。然而,了解和表

---

① 《萨特谈萨特戏剧》,见《萨特戏剧集》附录。人民文学出版社1985年版。

现神秘的动物——人——是一门艺术，唯有文学家才能办到，所以哲学家萨特是和文学家萨特同时度过文字生涯的。

要了解和表现矛盾百出的、错综复杂的具体的人，在萨特看来，弗洛伊德的精神分析法不失为一种彻底的方法。尽管他对弗洛伊德关于潜意识，下意识的渴望，性意识等论点不以为然，但他身体力行"弗洛伊德的有名理论：在实际生活里不能满足欲望的人，死了心作退一步想，创造出文艺来，起一种替代品的功用，借幻想来过瘾"。① 对萨特来说，"写作的欲望包含着对生活的绝望"，幻想不仅是存在的先导，而且是存在的本身。他说："没有人知道我来到世上干什么"，"我觉得自己是多余的人"，但家人千方百计让他相信他"是奇迹造成的孩子"，"上天的礼物"，"天赐"的"神童"。在十九世纪度过大半生的外祖父向他"灌输路易·菲力普时代流行的思想"，即救世渡人的理想，他"乍学时就比别人的思想落后八十年"。外祖父喜欢在各种场合扮演上帝老人，小普卢自个儿扮演孤胆英雄，救世主总是孤立无援的："既然别人把我看做想象中的孩子，我就以想象来自卫"；"我是没有父亲的孤儿，既然我不是任何人的儿子，我的来源便是我自己"；"我没有超自我"。萨特此处用反讽的手法借用了弗洛伊德的术语（"自我"人格的三个层次："本我"，"自我"，"超自我"），是一种文字游戏，但赋予新的含义：他不像贾宝玉那样成天感到贾政无形的威慑，心头没有父威的阴影，只有外祖父的宠爱。他，"先知先觉的神童，小预言家，纯文学的埃利亚桑"，"把书房看做教堂"，天地万物层层铺展在他的脚下，谦恭地恳求有

---

① 钱锺书：《诗可以怨》，《比较文学论文集》第36页，北京大学出版社。

个名字,"给每个事物命名,意味着创造这个事物又占有这个事物"。有了这个幻觉,他就自以为是命定永垂不朽的,必将写出伟大的作品:"上帝的创造物和人类伟大的作品是一脉相承的。"为了拯救全世界受苦受难的芸芸众生,他"一个人反对所有的人","引天下为己任,逆转乾坤救人类";他"混淆着文学和经文",自信用他的作品"保护人类不滚入悬崖深渊中"。然而,他痛苦地发现没有人发给他委任状。但卡夫卡说过:"我有一份委任状,但不是任何人授予我的。"①于是,他"自授委任状,旨在保护人类",深信文学能救世。

就这样,他夜以继日地从事文学创作:"二十亿人躺着安睡,唯有我,孑然一身为他们站岗放哨",他"仿佛成了世界的代言人"。他塑造的主人公往往是作者自身的投影:"我按自己的形象塑造我的人物,并非原封不动照搬我的形象,而是按照我渴望成为的形象加以塑造。"他笔下的人物多为畸零人,孤立无援、只身奋斗的个人英雄,哈姆雷特式的人物,其悲剧在于"一项伟大的事业落在一个不能胜任的人肩上"②。尽管自己选择的使命是美丽的、崇高的和神圣的,但责任太沉重了,到头来被重负压得粉碎。回首往事,就像从失恋中解脱出来的斯旺所说:"真想不到我为一个对我不合适的女人而糟蹋了一生。"究其原因,他说:"对大众的需求我一无所知,对大众的希望我一窍不通,对大众的欢乐我漠不关心,却一味冷若冰霜地诱惑他们","我是一个不买票的旅行者",自以为肩负着关系到全人类的使命,有权占一个席位,"荒谬绝伦地把

---

① 萨特答记者问,《世界报》1955年6月1日。
② 歌德:《维廉·麦斯特的学习时代》,《古典文艺理论译丛》,1962年第3期第131页,人民文学出版社。

生活看做史诗","把艺术作品看做超验的成果,以为每件作品的产生都有益于世人",以为"文人的唯一使命是救世,他活在世上唯一的目的是吃得苦中苦,使后人对他顶礼膜拜"。这就是他说的"始终不渝的幻觉","十足的疯狂":"我自称是受百姓拥护的救星,其实私下里为了我自己得救";"内心贫乏和感到自己无用,促使我抓住英雄主义舍不得放下"。其结果,如同一顶以自我为中心的"陀螺转啊转","最后转到一个障碍物上,停住了"。失败是必然的。

萨特还从世界观的高度对自己进行了剖析,承认自己"骨子里是柏拉图学派的哲学家,先有知识后见物体"。他把概念"作为实实在在的事物加以接受",认为"概念比事物更真实",以致他"对一切的理解都是颠倒的"。譬如,"动物园里的猴子反倒不像猴子,卢森堡公园里的人反倒不像人"。从而"把文字看作是事物的精髓",对他来说,"写作即存在",他的"存在只是为了写作"。他说:"由此产生了我的唯心主义,后来我花了三十年的时间方始摆脱。"他长期把他的笔当作利剑,此时不无感叹地承认"无能为力":"文化救不了世,也救不了人,它维护不了正义"。这个认识在他是长期而痛苦的努力的结果,得来不易。他终于"心明眼亮"了,"不抱幻想,认清自己真正的任务":全心全意地投身于人民大众为自身解放的运动,这才是使他"彻底获救的事业"。

萨特一九五三年开始写这部自传,大部分文字完成于一九五四年,几经修改,一九六三年春才发表。他写自传的目的,正如他为苏联一九六四年俄译本作的序中指出的那样,是"力图破除一种神话"。从上面的概述来看,我们认为他是真诚的。萨特一生与文字打交道,是个多产的作家,下笔动辄洋洋洒洒几十万言,而且常常写完就脱稿,不喜欢修改。这本小书则被他压了十年之久,足见对自己进行否定性的批判是何等的艰难痛苦。萨特解释过为什么迟迟不发表①,那是因为他发现对自己、对文学否定过了头,所以几易其稿,"磨去棱角"。不管怎么说,文化作为人类的产物还是有用的。"在书丛里出生成长"的萨特,肯定自己"也将在书丛里寿终正寝"。"尽管写作是吹牛皮,说假话,但总还有一些现实意义"。作家的努力不尽然徒劳无功吧。事实上他也不总是"死抓住热空气气球不放",而是"千方百计要往下沉,恨不得给自己穿上铅底鞋"。在接触社会实际的过程中,有幸发现过"海底细沙上的珍奇",并由他予以命名,就是说他看到自己的学说成了西方文化的一部分,认为自己对人类文化还是有贡献的。然而,他的"轻薄"不可抗拒地时常使他"浮在水面上"。他说:"时而我是浮沉子,时而我是潜水员,有时则两者皆是。"对自己采取了一分为二的态度。再说,作家在创作时,总或多或少把自己摆进去,即使是说谎,"说谎人在炮制谎言中发现了自己的真相",也有好处嘛。这面批判的镜子让他看到自己的形象,从中认识自己,进而改造自己。萨特总结时指出:"我唯一感兴趣的事是用劳动和信念拯救自己。这种纯粹的自我选择使我升华而不凌驾于他人之上。"我们不能不承认这是他对自己漫长的文字生涯所做的实事求是的结论。

萨特这部自传是别出心裁、洗旧翻新之作,不同于一般的自传。作者独辟蹊径,不以叙述悲欢离合、时运兴衰的经历取胜,而把笔墨集中在自身内心的追求和心迹的剖白上,多层次

---

① 《让-保尔·萨特谈〈文字生涯〉》,《世界报》1964 年 4 月 18 日。

地抒写自己潜在的心声。萨特的著作卷帙浩繁,内容庞杂参错,博大精深,文字又艰深晦涩,令人望洋兴叹。但他的这部自传却表现出他还有纤细入微、玲珑剔透的一面,且文字洗炼,言简意赅,新颖脱俗,不落窠臼。他在琐碎的家常和世俗的应对中挑选一个片断,一个见闻,一个情绪,一个印象,一个想象,一个幻觉,间或穿插英雄传奇、历史掌故甚至神魔灵异,寄托他的哲理,以小见大,化寻常为卓异,给人以透视感,甚至细枝末节也可用来揭示人生的重大问题,好像一切事情都包容在他的哲学之内。由于他对自己的童年和童年残存的一切以及外祖父这一代"世纪末"的残晖采取否定和批判的态度,全书弥漫着反讽的基调和揶揄的笔触。时而正面叙述,时而反面烘托;时而正话反说,时而反话正说;间或运用夸张甚至漫画的手法,诙谐、俏皮而潇洒、超脱,妙趣横生地向读者展示他自我发现,自我扩张,自我认识的过程,同时也向读者展现当时的世态习俗,这也可说是刻画颓俗的讽世之作。书中的绝大部分素材取自作者六岁至十一岁的经历,但已足够构成一部完整的内心生活的自传了。萨特认为在人生的长跑旅途中至关重要的是"起跑突破的能力","一旦冲破束缚,便能腾空而起",然后就是"重复","不断再生",一直跑到终点。的确,我们细心阅读,掩卷凝思:萨特的主要哲学思想和伦理观仿佛都已历历在目。无怪乎,作者虽然不止一次说要续写自传,但始终未成其美。大概没有必要了吧。再说,谁想了解他的具体经历,去读西蒙娜·德·波伏瓦写的回忆录好了,那里有详尽的记载。

《文字生涯》发表后,法国以至整个西方文坛反响热烈,很快被译成各种文字(包括苏联的俄译本)。萨特罕见地受到了各界各派的一致好评,他的自传无争议地被视为大手笔独具只眼、独运匠心的文学精品。诺贝尔奖金的决策者们以为萨特经历了十余年坎坷的社会活动家生涯之后回到了纯文学的领域,为了表彰他的成就,决定向他颁发诺贝尔文学奖金。但是出乎人们的意料,萨特谢绝了这项世界性的最高荣誉。因为这项荣誉不符合他的世界观和人生观。作为资产阶级营垒的叛逆者,他在皈依、觉醒、解脱之后,决不肯再回到资产阶级营垒。这在他的自传中已经说得清清楚楚:"我成为背叛者,并坚持背叛";"我来到世上不是为了享乐,而是为了清账"。他不屑跻身于"荣誉席"之列,对他,"过去没有作用",而"未来吸引着"他。他似乎以自己的行动发展了我国的一句老话:"过去种种譬如昨日死,现在种种譬如今日生",将来种种譬如今日死。他不愿被荣耀置于死地,而要"从死灰中再生,用不断的创新把自己从虚无中解脱出来"。他说:"每时每刻都是我的不断再生。"重新开始,成为新人,这是他生活的强烈愿望。他的成就在他看来算不了什么,等于零,随风而逝:"必须一个小时比一个小时干得更好。"他总是他自己,同时又是另一个人,不断创造新的自我,生命不息,奋斗不止。他确信:"我的心脏的最后一次跳动刚好落在我著作最后一卷的最后一页上";"我最好的书是我正在写的书","明天写得更好,后天写得好上加好,最后以一部杰作告终。"他当时正潜心于他的鸿篇巨制《家庭的白痴》,后来一直坚持写到双目完全失明方始搁笔,终于以他惊人的毅力实践了自己的诺言。

沈 志 明
一九八七年七月八日

献给 Z．夫人[*]

---

* 一九五四年五月二十六日至六月二十四日让-保尔·萨特和西蒙娜·德·波伏瓦应邀访问苏联。他们跟陪同的法文翻译列娜·卓妮娜结下了友谊。一九六三年该书分两次刊登在萨特主编的《现代》杂志上,题献给 Z．夫人(即列娜·卓妮娜)。一九六四年六月一日至七月十日萨特再度访苏,为 Z．夫人翻译的俄文译本《文字生涯》写过一篇短序。

一 读 书

一八五〇年左右,阿尔萨斯的一位小学教师为孩子所拖累,降尊纡贵改当食品杂货商。这个脱雅还俗的人巴望有一个补偿:既然他已放弃造就人才的事业,那就应当有个儿子从事塑造灵魂的工作:家里要出一个牧师。这件事落到夏尔头上。夏尔不干,甘愿背井离乡去追寻一个马戏团的女骑手。于是夏尔的画像在墙上被翻了个儿,从此不许提起他的名字。该轮到谁呢?奥古斯特赶紧学父亲的样,献身于商业,并对此感到心满意足。只剩下路易了,正好路易没有什么突出的天赋,父亲便抓住这个沉静的小伙子,转眼间让他当上了牧师。路易谨遵父命,竟至也亲自培育了一个牧师——阿尔贝·施韦泽①,他的生涯我们都是知道的。

然而,夏尔没有找到他那位马戏女郎,而且父亲的高雅给他留下了印记:他毕生追求高尚情趣,醉心于把芝麻大的事搞得轰轰烈烈。看得出,他并不是不想光宗耀祖,只是想从事一项轻松的修行,既神圣又能跟马戏女郎厮混。教书这一行倒能两全其美,于是夏尔决定教德语。他写过一篇论述

---

① 阿尔贝·施韦泽(1875—1965),法国神学家、哲学家。一九五二年获诺贝尔和平奖。

汉斯·萨克斯的学位论文。选用了直接教学法,后来他自称是直接教学法的创始人,与西蒙诺合作出版了《德语读本》,备受称赞。从此一帆风顺,连连晋升:马孔,里昂,巴黎。在巴黎的一次发奖仪式上,他作了演讲,讲稿还很荣耀地专门印发给大家:"部长先生,各位女士,各位先生,我亲爱的孩子们,你们怎么也猜不着我今天要给你们讲什么,我要讲音乐!"他还擅长即兴吟诗。家里人聚在一起的时候,他常说:"路易最虔诚,奥古斯特最有钱,而我最聪明。"兄弟们听了哈哈大笑,妯娌们听了直抿嘴巴。

夏尔·施韦泽在马孔娶了路易丝·吉尔明,一个信天主教的诉讼代理人的女儿。她对新婚旅行一直耿耿于怀:丈夫没等她吃完饭便把她拽走塞进火车。到了古稀之年,路易丝还讲起在车站餐厅吃韭葱冷盘的事:"他把葱白全吃了,只把葱叶留给我。"他们在阿尔萨斯待了两个星期,始终围着餐桌转。兄弟们用土语讲些不堪入耳的与排泄物有关的故事。牧师路易不时转过身来给路易丝翻译几句,算是基督教徒的施舍吧。没过多久,她便从医生那里获得了通融证明,从而免去了同房的义务,可以单独住一间房。她老嚷嚷偏头痛,常常躺在床上不起来,开始讨厌噪声、情欲、热情,总之讨厌施韦泽一家粗俗不堪和演戏似的生活。这个易怒的、狡黠的女人总是冷冰冰的。她的想法正经,但不高明。她的丈夫想法不正,但有巧思。因为她丈夫爱骗人而且轻信,所以她对什么都怀疑:"他们硬说地球是转动的,他们懂得啥?"她周围尽是一些道貌岸然的喜剧演员,因此她憎恨德行和做戏。这个注重实际的女人十分敏感,她生活在粗野的唯灵论者的家庭,感到茫然不知所措,于是笃信起伏尔泰的宗教怀疑思想,以示对抗,尽管她并没有读过伏尔泰的书。她娇滴滴,胖乎乎,活泼诙谐,但愤世嫉俗,绝对否定一切;她双眉一拱,隐隐一笑,就把别人向她表示的一切热情化为齑粉,而不为人所察觉。否定一切的狷傲和拒绝一切的自私占据了她的整个身心。她不见任何人。占先坐上手吧,未免太过分;将就坐下手吧,虚荣又使她不甘心。她说过:"要善于让别人有求于你。"起先人家确实有求于她,但后来对她越来越淡漠,由于老见不着她,到头来干脆把她忘了。她几乎身不离安乐椅或卧床。

施韦泽一家既是自然主义者又是新教徒。这两大美德兼而有之,并非如人们想象的那么罕见。他们讲话喜欢直言不讳,一方面以地道的基督教徒方式贬低躯体,另一方面欣然赞同对生理机能应予满足;而路易丝却喜欢闪烁其词。她念过许多猥亵的小说,不太欣赏男女私情,却赞赏裹着男女私情的层层透明薄纱。她美滋滋地说:"这才是大胆设想,妙不可言!做人嘛,要悠着点儿,别太使劲!"这个纯洁得像白雪的女人在读阿道尔夫·贝洛写的《火姑娘》①时,险些儿没笑死过去。她津津乐道地大讲新婚之夜的逸事,大凡以不幸告终:不是新郎急不可待想成其好事,把妻子磕在床架上折断脖子,就是新娘不见了,第二天清晨发现她光着身子,疯疯癫癫地躲在柜子顶上。路易丝把自己关在半明半暗的房间里。夏尔一进屋,便推开百叶窗,把所有的灯全点亮。她用手捂着眼睛,呻吟道:"夏尔,多刺眼呀!"可是她的反抗决不超过约定俗成的限度:夏尔使她胆战心惊,给她带来奇妙的不舒适,有时也感受到友情,反正只要夏尔不碰她就行。但要是夏尔一嚷嚷,

---

① 《火姑娘》,当时流行的猥亵小说。

她就什么都让步了。夏尔使她出其不意地生了四个孩子:第一胎是女儿,生下不久就夭折了,然后是两个男孩,最后一个是女孩。

夏尔出于对宗教的冷漠,或出于对神的崇敬,同意让孩子们受天主教的熏陶。路易丝并不真信教,但因为她讨厌耶稣教,所以让孩子们信天主教算了。两个男孩都向着母亲,她悄悄使他们疏远肩宽体胖的父亲,夏尔却毫无察觉。老大乔治进了巴黎综合理工学院,老二爱弥尔当了德语教员。爱弥尔的行径有点蹊跷:我知道他一直打光棍,尽管他不喜欢父亲,却处处学父亲的样。父子动辄闹翻,但也有几次使人难忘的和好。爱弥尔神出鬼没,他非常喜欢母亲,一直到死,常常偷偷来看望她,事先并不打招呼。他对母亲又是亲吻,又是爱抚;讲起父亲,先是冷嘲热讽,然后越讲越生气,最后大发雷霆,砰的一声关上门离开母亲扬长而去。我想,路易丝很喜欢爱弥尔,但爱弥尔使她心惊肉跳。这两个粗暴而难处的男人使她头昏脑涨,所以她更喜欢乔治,可惜他老不在身边。爱弥尔一九二七年孤独悒郁而死。在他的枕头底下,发现一把手枪,箱子里塞着一百双破袜子,二十双断跟皮鞋。

小女儿安娜-玛丽的童年是在一张椅子上度过的。父母教她学会无所事事,学会坐正立直、缝缝缀缀。她颇有天赋,但父母让她的天赋荒废掉以显示其高雅;她颇为艳丽,但父母小心翼翼地把她的姿色掩盖起来。这等高傲的小康人家对美的判断可谓高不成,低不就,比他们富裕的或比他们条件差的都可以显示美:他们认为美是属于侯爵夫人和娼妓的。路易丝高傲到了缺乏任何想象力的程度,由于害怕上当受骗,干脆把她孩子、她丈夫、她自己身上最明显的优点否定得一干二净。夏尔则根本不善于察看别人的美,他把美貌和健康混为一谈。自从妻子病了之后,他便与一些想入非非、长胡须、浓妆艳抹的女人来往;只要她们身体健壮,他都可以得到安慰。五十年之后,安娜-玛丽翻开家里的照相簿,突然发现她曾经是很美丽的。

差不多就在夏尔·施韦泽与路易丝·吉尔明结婚的同时,一个乡村医生娶了佩里戈的一位大财主的女儿,在凄凉的梯维埃大街的药房对面安家落户。新婚的第二天,萨特大夫突然发现岳父原来身无分文,一气之下,四十年没跟妻子说话。在饭桌上,他以手势和动作表达思想,妻子管他叫"我的寄宿生"。不过他跟妻子仍旧同睡一张床,往往间隔一段时间,闷声不响地让她鼓一次肚子:她给他生下两男一女。悄悄生下的这三个孩子名叫让-巴蒂斯特、若瑟夫和埃莱娜。埃莱娜很晚才出嫁,嫁给一个骑兵军官,这位军官后来得了疯病;若瑟夫在轻骑兵服役,但很快就退伍寄居在父母家。他没有职业。父亲沉默寡言,母亲乱叫乱嚷,他在两面夹攻之下变得口吃了,从此一生吐词困难。让-巴蒂斯特早想进海军军官学校,为的是要看大海。他当上海军军官后,在交趾支那得了疟疾,病得力竭体衰。一九〇四年他在瑟堡结识了安娜-玛丽·施韦泽,征服了这个没有人要的高个儿姑娘,娶她为妻,并飞快地让她生下一个孩子,这就是我。从此他便想到死神那里求一个栖身之地。

但死并不容易,内热时退时起,病情时好时坏。安娜-玛丽忠心耿耿地照料他,既不失夫妻情分,也谈不上爱他。路易丝早就告诫过她要提防房事:新婚出血之后,便是无休无止的牺牲,以及忍受夜间的猥亵。我的母亲效法她的母亲:只尽义务,不求欢快。她不怎么了解我父亲,结婚前和结婚后一样的不了解,以致不免有时寻思为什么这个陌生人决意死在她怀里。家人把他转移到离梯维埃儿法里①外的一座农庄里,他父亲每天坐着小篷车去看他。安娜-玛丽日夜忧心忡忡地看护病人,累得精疲力竭,她的奶水枯了,于是把我送到不远的地方一个奶妈处寄养。我一心一意地等死,因为闹肠炎,或许因为抱恨含冤。我母亲时年二十岁,既无经验,又无人指点,在两个奄奄一息的陌生人之间疲于奔命。疾病和服丧使她尝到了出于利害关系而结婚的滋味儿。我却从中得到了好处:那时候做母亲的自己哺育,而且喂奶的时间很长,要不是我们父子同时病危,我说不定会因断奶晚而遭受磨难。由于生病,我不得不九个月就被强行断奶,发烧以及发烧所引起的迟钝反倒使我对联系母子的脐带突然剪断毫无感觉。我投入了混沌的世界,这个世界充满了单纯的幻景和原始的偶像。我父亲一死,安娜-玛丽和我,我们突然从共同的噩梦中苏醒过来。我的病好了,而我们母子之间却产生了一桩误会:她带着母爱重新养育她从未真正离开过的儿子,而我却在一个陌生女人的膝盖上重新认识了母亲。

安娜-玛丽既无金钱又无职业,决定回娘家生活。但我父亲毫无道理的弃世使施韦泽一家愤愤不平:他简直像是休妻。母亲因为缺乏先见之明,又没有早做准备,被认为咎由自取,谁让她懵懵懂懂地嫁给一个不耐久的丈夫呢。但对待细高个儿阿丽亚娜②怀里揣着孩子回到默东,家里人的态度倒都是

---

① 指法国古里,一法里约合四公里。
② 阿丽亚娜是安娜-玛丽的爱称。

无可指责的。我外祖父已经退休,这时他复职就业,并没有一声怨言;我外祖母,虽然得意,但并不喜形于色。安娜-玛丽虽然感激涕零,但在好意相待中猜测到责难。无疑人们情愿接纳寡妇,而不喜欢做母亲的姑娘,但实际上也相差无几。为了得到宽恕,她不遗余力地埋头苦干,操持娘家的家务,先在默东后在巴黎,一概如此。她身兼数职:女管家,女护士,膳食总管,太太陪房,女用人,但依然抵消不了她母亲无声的怒气。路易丝每天早上排菜谱,晚上结菜账,感到枯燥乏味,但又不容别人替她效劳。她要别人分担她的义务,但又为失去特权而恼火。这个日见衰老而愤世嫉俗的女人有一个自欺欺人的幻觉:她自以为是不可缺少的。幻觉一旦消失,路易丝便嫉妒起女儿来了。可怜的安娜-玛丽,要是消极被动,就说她是一个包袱;要是积极主动,就说她有意掌管门庭。为了绕过第一道暗礁,她必须鼓足全部勇气;为了躲过第二道障碍,她必须含垢忍辱。没有多久,年轻的寡妇重新降为未成年的姑娘:一个带有污点的处女。父母不拒绝给她零花钱,只是老忘了给她;她的行头已经磨损得露线了,我外祖父也顾不上给她制新的。父母几乎不容她独自外出。她的旧友大部分已经结婚了,每当她们邀请她吃晚饭,她必须事先早早儿请求许可并保证十点前有专人把她送回来。这样晚饭吃到一半,主人就得起身离开桌子把她护送到车上。就在这时候,我外祖父穿着睡衣,手上拿着表,在房间里踱来踱去。如果钟打十下,不见女儿回来,他便大发雷霆。邀请日渐稀少了,再说我母亲也嫌这样的乐事太花钱。

让-巴蒂斯特之死是我一生中的大事:他的死给我母亲套上了锁链,却给了我自由。

世上没有好父亲,这是规律。请不要责备男人,而要谴责腐朽的父子关系:生孩子,何乐不为;养孩子,岂有此理!要是我父亲活着,他就会用整个身子压我,非把我压扁不可。幸亏他短命早死。我生活在背负安客塞斯们的埃涅阿斯①们中间,从苦海的此岸到彼岸,孤苦伶仃,所以憎恨一辈子无形地骑在儿子身上的传种者。我在身后留下一个没来得及成为我父亲的年轻死者,要是他现在复活了,可以当我的儿子。父亲早死是坏事还是好事呢?我不知道,但我乐意赞同一位杰出的精神分析学家对我的判断:我没有超我②。

　　人一死了之还不行,还要死得是时候。如果我父亲晚死几年,我本会感到有愧。一个懂事的孤儿应自怨自艾:父母讨厌见他,躲到天国里去了。而我当时却乐不可支,因为我不幸的处境反倒使人敬重,显出我的重要性;我甚至把服丧也看成是一种美德。我父亲很知趣,他负疚而死,因为我外祖母老说他逃避义务,外祖父又正好对施韦泽一家的长寿引以自豪,所以他不容许别人三十岁就去世。因为女婿死得蹊跷,他甚至不相信自己有过女婿。到头来,他干脆把他给忘了。我呢,连遗忘都不需要,因为让-巴蒂斯特溜之大吉,根本不想让我认识他。直到今天,我为自己对他不甚了了感到惊讶。不过,他曾经热爱过生活,想活下去,曾感觉到自己快要死了。造就人

---

①　埃涅阿斯,特洛亚王子。希腊人围城攻打时,他英勇抵抗;特洛亚沦陷后,他背着父亲安客塞斯并带着孩子逃亡。
②　萨特用反讽的手法借用弗洛伊德的术语。弗洛伊德认为人的人格可分为三个层次:最底层叫"本我"或"伊特",即无意识或潜意识,所谓支配人的生命的原动力;第二层叫"自我",即现实化了的"本我";第三层叫"超我",即道德化了的自我,即属于道德、良心和理想的意识。这里萨特的意思是,没有受到父亲的任何影响。

的一生,这也就够了。但家里谁也没有使我对这个人产生好奇心。曾经有好几年我都看到我床头的墙上挂着一张肖像:一个矮小的军官,诚实无邪的眼睛,圆圆的秃顶脑袋,浓浓的胡须。等到我母亲改嫁的时候,肖像消失了。后来,我继承了父亲的书,其中有一本勒当泰克①关于科学未来的著作,一本韦贝尔②的著作,题为《由绝对唯心主义到实证主义》。我父亲跟他的同代人一样不善于读书。我发现在书页空白处有他一些很难认的潦草的手迹,在我出生前后他曾有所悟,一时浮想联翩,留下这些记载。我把这些书卖了,死者与我太不相干了。我只是听旁人说起过他,就像听人讲"铁面人"③或"埃翁骑士"④一样,而且我所知道有关他的事情都是与我毫无关联的。就算他爱过我,抱过我,用他明亮的眼睛(现在已经腐烂了)饱含爱意地看过我,但谁也记不得了,真是空爱了一场。对我来说,父亲连一个影子都不是,连一个目光都不是。他和我,我们有一段时间在同一个地方使大地承受我们的体重,仅此而已。家人向我暗示我不是某个死者的儿子,而是奇

---

① 勒当泰克(1869—1917),法国生物学家,著有《生命的新理论》(1896)、《生命的科学》(1902)等。
② 韦贝尔(1864—1920),德国经济学家,社会学家和哲学家。
③ 传说法国太阳王路易十四出世后立即被宣布为王位的继承人,不料几小时后,他母亲又生下一个男孩,这个男孩应是路易十四的兄长(据说,法国人把双胞胎中后出世的视为哥哥或姐姐)。但王位继承人已经宣布,不能改变,于是王室把他的哥哥赶走。他长大以后,一直神秘地被路易十四关在监狱里,因为孪生兄弟长得很像,阶下囚被戴上"铁面罩",一直到死。
④ 埃翁骑士(1728—1810),法国间谍,他的神秘之处在于人们不知道他到底是男是女。他被国王路易十五派到俄国执行秘密任务,后担任过驻伦敦大使馆秘书,并参加过欧洲七年战争(1756—1763)。1777年他回法国后,接到命令不许脱去女装,因此他很可能是一个男人。

迹造成的孩子。毫无疑问：出于这个原因我淡泊到了难以置信的程度。我不是头头，也从来不想当头头。命令与服从，其实是一码事。连最专横的人都是以另一个人的名义，以一个神圣的无用之辈——他的父亲——的名义下达命令的，把他自己遭受的无形的挨打受骂传给他的后代。我一生中从不下达命令，下命令我就觉得好笑，也使人发笑。这是因为我没有受到权势的腐蚀：人们没有教会我服从。

让我服从谁呢？人们给我介绍一个高个儿年轻女子，对我说她是我的母亲。但我自己却把她当作大姐姐。这个处处受到监视、对谁都屈从的"处女"，在我看来，她是伺候我的呢。我爱她，但要是谁都不尊重她，我怎么会敬重她呢？我们家有三间卧室，一间是外祖父的，一间是外祖母的，一间是"孩子们"的。所谓"孩子们"，就是"我们母子俩"：同样的微不足道，同样的受人供养。而一切照顾则是为我而设的。在"我的"房间里，放着一张"姑娘的"床。姑娘独自一个人睡，醒来的时候保持着贞洁。她跑到洗澡间沐浴的时候，我还熟睡着，她回来的时候已经衣冠整洁了：我怎么会是她生的呢？她向我叙述不幸，我同情地听着。等我长大了一定娶她、保护她。我还向她许诺哩：我把手向她伸去，把手放在她的身上，利用小孩的重要地位为她效劳。请想想，我会服从她吗？我宽宏大量地答应她的恳求，再说她从不给我下命令，而是用轻松愉快的话语给我描绘未来，然后赞扬我愿意实现这个未来："我的小宝贝真乖，真听话，乖乖让妈妈点滴鼻剂。"这些甜言蜜语哄得我乖乖就范。

至于一家之主，他活像上帝老人，人们经常把他当作上帝老人的化身。一天他从圣器室进入礼拜堂，教士正以五雷轰顶来威胁对上帝不热忱的信徒:"上帝就在这儿!他看得见你们哪!"突然信徒们发现在悬空的讲道台底下有一个高大的大胡子老人在瞧着他们,吓得他们拔腿便跑。外祖父还说,有几次他们曾跪倒在他的膝前。他喜欢显圣上了瘾。一九一四年九月间,他在阿卡雄的一家电影院显圣,当时我母亲和我在楼厅里。他要求开灯,另一些先生在他周围扮天使,大声喊叫:"胜利!胜利!"上帝登上戏台,宣读马恩河公告①。他在胡须还是黑的时候,就已经扮耶和华了,我怀疑爱弥尔是间接地死在他手里的。这个怒气冲冲的上帝嗜吸儿子们的血。好在我出世的时候,他漫长的一生已近尾声,胡子已经花白,烟丝把胡子熏得黄黄的。当老子,他已经没有兴致了。但倘若是他生育了我,我想他一定会情不自禁地控制我的:受习惯所驱使嘛。我幸亏属于一个死者。这个死者生前洒了几滴精液,算是塑造一个孩子所付出的普通代价。所以,我是天上的采邑,外祖父没有产权但可以享用其收益:我成了他奇妙的"宝贝",因为他一直梦寐以求能怡然自得地度过余年。他决意把我看作命运的奇特恩赐,看作一件无偿的礼物,而且随时都可以退回;此外他还能对我有什么要求呢?只要我在他跟前,他就心满意足了。他既是大胡子爱神慈父,也是圣心孝子;他给我做按手礼,我脑袋上感到他手心热乎乎的。他称呼我是他小小的宝贝,颤悠悠的嗓音柔情绵绵,泪水模糊了他那冷冰冰的双眼。大家啧啧称赞:"这个男孩使得他神魂颠倒!"他非常喜欢我,这是显而易见的。但他爱我吗?他那么

---

① 指马恩河战役公告,一九一四年九月的马恩河战役中,法军大捷,从而阻止了德军的入侵,迫使德军后撤。

公开表露情感,倒使我难以识别他这一着的诚意了。我看不出他对其他孩子有很多感情,一则他不怎么常见到他们,再则他们也根本不需要他,而我却处处依靠他:在我身上他欣赏的是他自己的慷慨大度。

老实说他有点故作高尚:这个十九世纪的人物如同很多同代人一样自诩高尚,连维克多·雨果本人也不例外,维克多·雨果自诩是雨果主义者①。我外祖父是美髯公,总喜欢哗众取宠,一场戏刚下场便准备重新上场,好似酒鬼喝完一杯又想着下一杯,我认为他是两门新艺术的牺牲品:摄影艺术和做外祖父的艺术。他的尊容很上照,这是他的造化,也是他的不幸。屋子里到处是他的照片。因为当时还没有发明瞬间摄影,他津津有味地摆出固定的姿势和连续的活动姿态,动辄停住动作,一动不动地摆一个优雅的姿势,从而留下一个一成不变的形象;他醉心于这些永恒的瞬间,以便为自己塑像立影,流传千古。由于他喜欢照连续的活动姿态,他给我留下的印象好似幻灯上硬邦邦的画像:一个小灌木丛,我坐在一个树桩上,时年五岁,夏尔·施韦泽头戴巴拿马草帽,身穿黑条乳白色法兰绒西装,白绲条背心,怀表的链条横贯其间,夹鼻眼镜悬系在一根细绳上,他向我俯着身子,抬起一只戴金戒指的手指,说着话。画面阴暗、潮湿,只有他的大胡子放出白光,犹如绕下巴围着一圈光轮。我不知道他说些什么:我过于战战兢兢地聆听,反而什么也没有听进去。我猜想这个帝国时期的老共和党人在向我传授公民的义务,在给我讲资产阶级的历

---

① 马克思夫人燕妮曾说过:"雨果是一个吹牛专家,用海涅的话来说,雨果不仅仅是利己主义者,而且是雨果主义者。"

史:从前有国王、皇帝,都是坏东西,人们把他们赶跑了,于是万事如意,一切皆好。傍晚我们到大路上去等他,我们很容易在走出缆索铁道的乘客中认出他来:高高的身材,迈着小步舞领舞的步伐;他在更远的地方先看见我们,早已拉开架式,听任某个无形的照相师摆布:胡须迎风飘悠,身板挺拔,迈着内八字步,挺胸凸肚,两臂大摇大摆。信号升起,我一动不动地停住,身子向前倾斜,我是起跑的赛跑运动员,是即将飞出鸟笼的小鸟。片刻间我们面面相照,活像一对漂亮的萨克森瓷人。然后我带着水果和鲜花,满载外祖父的幸福,向他扑去,撞倒在他的双膝间,假装上气不接下气。他把我从平地抱起,举向云霄,然后手臂一弯,把我降落在他的心房上,一边轻声说道:"我的宝贝!"这是第二个画面,颇受行人注目。我们俩大演特演滑稽戏,足有一百个种类不同的场面:调情,很快消除的误会,敦厚的戏弄和善意的责怪,多情导致的气恼,柔情绵绵的故弄玄虚和痴情。我们竟然设想有东西阻碍我们相爱,以便享受排除障碍的快乐。我有时蛮不讲理,喜怒无常,但这遮掩不住我那细致入微的敏感。他所表演的高尚而忠厚的虚荣心很适合外祖父的身份。他表现出雨果所推崇的糊涂和溺爱,要是别人只给我面包,他一定给我加上果酱,所以那两位夫人切忌只给我面包。再说我是一个乖孩子,觉得我的角色非常合适,决不肯出让分毫。

确实,我父亲过早的引退使我成为一个不完全的"俄狄浦斯"①:我没有"超我",不错,但我也没有杀气腾腾呀!我

---

① 俄狄浦斯,希腊神话传说中的人物,其宿命为杀父娶母。这里作者以玩笑口吻说自己独占母亲,但已不可能杀父。

母亲是属于我的,没有人与我争夺这个安稳的所有权,因此我不懂得暴力和憎恨,我不必学会妒忌别人。由于没有碰过钉子,起初我只是通过靠不住的笑容认识现实。我能造谁的反呢?我能反对什么呢?别人纵使为所欲为,可并没有侵犯我呀!

我乖乖地让别人给我穿鞋,往我鼻子里点滴剂,给我刷衣服、洗脸、穿衣服、脱衣服,把我打扮得漂漂亮亮,听凭别人对我爱抚备至。我觉得再没有比做好乖乖更有趣的事了。我从来不哭,很少笑出声,不吵也不闹。四岁的时候,我弄脏了果酱,被人抓住。我想,那是因为我爱科学,而不是出于恶作剧。总之,记忆所及,我就干过这么一件坏事。星期天夫人们有时去望弥撒,去听美妙的音乐,听有名气的管风琴演奏者演奏。老夫人和少夫人并不修行,但别人对宗教的笃信造成一种气氛,使她们也在音乐声中恍若出世,她们听托卡塔曲时才信上帝。我感到这种超凡入圣的时刻其乐无穷:大家都是昏昏欲睡的样子,这时我懂得应该干什么。我双膝跪在跪凳上,把自己变成一尊雕像,连脚趾都不应该动一动;我瞪着眼睛直视前方,连睫毛都不眨一眨,直到眼泪流满双颊为止。当然我在进行提坦巨人①式的搏斗来忍受双腿发麻,但我坚信一定胜利,充分意识到我的力量,毫不犹豫地在心里招来各种罪恶的诱惑,然后一一击退。我要不要站起来高喊"巴搭彭"②呢?要不要爬到圆柱上往圣水缸里撒尿呢?一会儿母亲一定会赞扬我,因为这些浮现在我脑子里的可怕念头被我阻止了。我自

---

① 提坦,希腊神话中的巨人族。乌拉纽斯(又译乌拉诺斯)和地神格伊阿(又译盖亚)所生的子女,共十二人,六男六女,他们是力大无比的巨人。
② 象声词,一般在讲述冲锋陷阵时使用,意思是,白刀子进红刀子出。

欺欺人地装作受苦的样子,以便增添我的荣誉。其实我的邪念并非不可收拾。我太怕出丑了,我只想以我的美德使世人惊诧。这种不费吹灰之力得来的胜利使我确信我天性善良,我只要任其自然,就能受到赞扬。动坏脑筋,出坏主意,即使有这样的事,也是来自外部的,刚一沾上我,就失去生气而衰退。我这块土壤不宜生长邪恶。由于我善于表演德行,我不需要花力气也不需要强迫自己,只要任意编造就行了。我可以演得像公子王孙那样潇洒,使观众屏住呼吸,我把这个角色演得精益求精。人家喜爱我,所以我是可爱的,再简单不过了。世界不是安排得妥妥帖帖的吗?人家对我说我长得漂亮,我也就相信了。一些时候以来,我右眼长了角膜翳,后来使我成为独眼龙和斜眼,当时却一点也看不出来。人们给我拍了许许多多的照片,我母亲用彩笔整修着色。在保存下来的一张照片上,我脸色红润,满头金黄的鬈发,面颊滚圆,平和的目光充满了对现存秩序的敬重;鼓鼓的嘴巴装出不可一世的样子:我知道我的价值。

　　光天性善良是不够的,还要未卜先知:小孩口中透天机。孩儿们刚从自然脱胎,是风和海的表兄弟。他们的牙牙学语,对于知音者来说,富有广泛但是朦胧的启示。我外祖父曾同亨利·柏格森①横渡日内瓦湖,他说过:"我兴奋得如醉似痴,目不暇接地观赏熠熠闪烁的山峦和波光粼粼的湖水。柏格森却坐在一只箱子上,目不转睛地瞧着两脚之间的那块地方。"他从旅途中这件小事上得出一个结论:诗的沉思胜于哲理。

---

① 柏格森(1859—1941),法国哲学家,法兰西科学院院士,"非理性主义"的代表人物,一九二七年诺贝尔奖金获得者。

于是他对我沉思起来,在公园里,坐在一张帆布躺椅上,身旁放着一只啤酒杯,他看着我跑来跑去,他想从我含混不清的话语中悟出至理名言。他居然真有所悟。后来我嘲笑过这种痴癫,现在不免后悔,这其实是因为他感到大限将临。夏尔用陶醉来攻克焦虑。他在我身上欣赏着世间奇妙的作品,以便确信一切皆好,甚至连人生可怜的末日也是好的。大自然正准备把他收回自己的怀抱。在山顶树梢上,在海波水浪中,在点点繁星之间,在我幼小生命的发源地,他寻找着归宿。他拥抱大自然,接受大自然的一切,包括为他挖好的坟墓。这可不是真理,而是他的死神通过我的口给他的启示。我幼年平淡无奇的幸福不时夹杂着丧事的气氛,因为我的自由是多亏了一起及时的死亡,我的重要性全靠一起等待已久的丧事。唉,怎么不是呢?阿波罗神殿所有的女祭司都是女死神,这是众所周知的;所有的孩子都是死亡的镜子。

  我外祖父把自己的儿子看做眼中钉,这个可怕的父亲一生肆意虐待他们。他们踮着脚进屋,出乎意料地发现老人待在一个小孩子的膝旁:真叫他们伤心!在几代人之间的冲突中,孩子和老人往往是携手合作的:孩子传达神谕,老人解释神谕。本性露真情,经验传真知:成年人只有闭嘴的份儿。倘若没有孩子,他们便去找一只鬈毛狗。去年我去过一次狗公墓,在一块块墓碑上的铭文中,我认出外祖父的"至理名言":狗懂得爱,狗比人更温柔、更忠诚,狗的感情细腻,有一种从不出差错的本能,能知善知美、识别好坏。一个伤心欲绝的人说过:"波洛纽斯①,你比我好得多,反倒比我先死,我还苟且活

---

① 波洛纽斯,狗名。

着。"当时有一个美国朋友陪着我,听说此话,他一气之下,朝一条泥铸的狗狠狠踢了一脚,踢碎了一只耳朵。他行之有理,过分喜欢孩子和畜生,其实是厌恶人类。

因此,我是前途无量的鬈毛狗;我预卜未来。我说一些孩儿话,人们记住了,并跟着我说,这样我就学会了创造其他的话。我也讲一些大人的话,会使用"超过我年龄"的话语,而且不走样。这些话语就是诗,办法很简单:信鬼神,信运气,信虚无;从大人那里整句整句地借用,把句子拼拼凑凑,然后学舌地说出来,但并不解其义。总之,我口传的是真正的神谕,别人爱怎么理解就怎么理解吧。"善"产生于我内心的最深处,"真"出自我"知性"幼稚的蒙昧。我信心十足地自我欣赏着。我的举止和言论有价值,自己并不知道,大人却认为是显而易见的。这并没有什么关系,反正我毫不吝惜地向他们奉献我自己享受不到的高尚乐趣。我小丑般的言行披着慷慨大度的外衣:可怜的人们曾为没有孩子而伤心,我心一软,便从虚无中跑了出来,很有一点利他主义的气势;孩儿的外表其实是我的乔装打扮,为的是给他们造成有一个儿子的幻觉。母亲和外祖母常常教我排演下凡出世的场面,因为这乃是绝顶仁慈之举。她们投夏尔·施韦泽之所好,知道他的癖性,知道他喜爱戏剧性的变化,有意为他准备一些意想不到的高兴的事情。夫人们把我藏在一件家具的背后。我屏住呼吸,她们离开屋子或假装把我忘记了。我消失了。外祖父进了屋,无精打采,垂头丧气,看他的表情,好似我根本没有存在过。突然我从小小的藏身处走了出来,承蒙我出世,他感到不胜荣幸,见到我,他立即活跃起来,完全换了一副面孔,向天举起双臂:我的出现使他高兴到了无以复加的地步。一句话,我献出自身,时时奉送,处处赠与,奉献一切。只要我推开一扇门,我自己也感到显圣似的。我把立方形积木一块一块往上砌,从模子里取出沙人;我大声呼叫,一个人应声而出,我又造出一个幸福的人。安排我吃饭,睡觉,按时令变化为我增减衣衫,都是这些拘泥虚礼的人们生活中的佳时良辰和必尽的义务。我当众吃饭活像一个国王,如果我胃口很好,人们便向我道贺,连外祖母也脱口喊道:"他吃得多乖啊!"

  我不断地创造自己。我既是赠与人也是赠与物。倘若我父亲活着,我就会知道我的权利和义务;他死了,我一无所知。我没有权利,因为爱浸透了我整个身心;我没有义务,因为我出于爱才慷慨给与。唯一的职责是讨人喜欢;一切都是为了装点门面。在我们家,大度宽宏比比可见:外祖父养活我,而我使他幸福;我母亲对每个人忠心耿耿。今天,回想起来,唯有母亲的忠诚在我看来是真的,当时我们却好像闭口不谈。不管怎么说,我们的生活只是一系列的礼仪,我们把时间消耗在互敬互让、虚礼相待上。我尊敬长辈,条件是他们宠爱我。我耿直,开朗,温柔得像个姑娘。我总往好处想,相信别人,大家都是好人,因为大家都是高高兴兴的。我把社会看作是一种功德和权势的严格等级制度。占据阶梯最高层的人把他们所拥有的一切给予处在他们之下的人们。我绝对不会占据最高一级,我知道最高一级是留给严厉而慈善的人们的,他们是维持社会等级的人。我栖身在等级之外的一个小小的阶梯上,离他们不远,我的光芒从阶梯的上端倾泻到下端。总之,我小心翼翼地避开世俗的权势,既不屈就低层,也不高高在上,而是在别处。我是神职文人的子孙,从小就是一个教士。我有红衣主教的慈祥,为了履行神职始终保持好兴致。我平等对待下级,其实这是出于好心,为使他们幸福而编造的谎言,他们在某种程度上受骗上当则是应当的。对女佣,对邮差,对母狗,我说话的语气宽容而温和。在这个等级森严的世界上有穷苦人,也有罕见的怪物,有连体双胞胎,还会发生铁路事故,这种种反常的现象不是哪个人的过错。善良的穷人不知道他们的职责就是为我们提供慷慨施舍的机会,而沿街乞讨的穷人是一些羞怯的穷人,我奔向他们,往他们手里塞一枚两个苏①的硬币,更重要的是,我赐给他们一个平等待人的美丽的微笑。我觉得他们笨头笨脑,所以不爱碰他们,但强迫自己去做,这对我是个考验;而且他们必须爱我,因为这种爱会使他们的生活更加美丽。我知道他们缺乏生活必需品,但我乐于成为他们多余的东西。再说,不管他们怎么不幸,他们的苦楚总不会超过我的外祖父吧。他小时候,天不亮就起床,在黑暗里穿衣服;冬天洗脸,得敲碎水罐里的冰才行。幸亏家境后来好转。外祖父相信人类的进步,我也相信,在我出世之前,人类的进步经历了一条漫长而艰难的道路。

我的家简直是天堂。每天早晨,我醒来的时候总是高兴得不知如何是好,庆幸自己碰到千载难逢的运气,出生在亲密无间的家庭,生长在世界上最美丽的国家。对现实不满的人使我感到气愤:他们有什么可抱怨的呢?他们是反叛者。外祖母特别使我不安,我痛苦地发现她不太欣赏我。实际上,路易丝早就把我看透了。她公开谴责我哗众取宠,但她却不敢责备她的丈夫。她说我是鸡胸驼背的木偶,是小丑,说我做鬼

---

① 苏,法国辅币名,一个苏相当于现在五生丁,即二十分之一法郎。

脸出怪样。她命令我不许再"装腔作势"。我尤其感到憎恶的是看出她竟嘲笑我外祖父,这个女人是"否定一切的妖精"。我顶了嘴,她要求我赔礼道歉,但我有恃无恐地拒绝了。外祖父抓住机会表示偏爱,他护着我反对自己的妻子。她受到侮辱而怒不可遏,站起身跑回自己的房间里拒不出门。我母亲惶惑不安,害怕外祖母积仇记恨,低声下气地轻声责怪父亲。他耸耸肩膀,退到自己的工作室去了。母亲央求我去讨饶。我对自己的神通没法不得意忘形:我是圣米迦勒①,我能擒妖除魔。我去到外祖母跟前随随便便地表示了一下歉意,算是了结此案。除此之外,我当然很喜欢她,因为她是我的外祖母嘛。母亲建议我称她"妈咪",称一家之长夏尔时,用他阿尔萨斯的名字卡尔。卡尔和妈咪,连在一起叫,声音比罗密欧和朱丽叶还好听,比菲勒蒙和包咯斯②还悦耳。母亲每天翻来覆去地对我说:"卡尔妈咪等着我们咧,卡尔妈咪会很高兴的……"这不是没有用心的。她想用这四个浑然一体的亲切的音节来显示家里人的和睦。我将信将疑,不过我装得十分相信,好似我自己就是这么看的。言语掩盖了事物的实质。我喊卡尔妈咪便能维持家庭亲密无间的团结,并且能把夏尔好大部分德行归到路易丝的头上。外祖母令人怀疑,她天生爱造孽,随时都可能犯过失。但时时都有天使伸出手来阻拦,只言片语的力量就能把她挡住。

~~~~~~~~~~~~~~~~

① 圣米迦勒,统领天兵武将的大天使。
② 相传菲勒蒙和包咯斯住在佛律癸亚(小亚细亚古地区名)。他们俩慷慨地接待了化装成旅行者的宙斯和赫耳墨斯,而其他居民却拒绝接待他们。两位天神降下大水惩罚佛律癸亚人,只有菲勒蒙和包咯斯幸免。他们俩的名字成了夫妻恩爱的象征。

确确实实的坏人当然是有的,那就是普鲁士人。他们夺走了我们的阿尔萨斯-洛林和所有的时钟。① 唯有原先搁在外祖父壁炉上的黑大理石座钟还在。说也巧,座钟还是一帮德国学生送给他的哩,不知道他们是从哪儿偷来的。家人给我买汉西②的书,给我看书中的图画,我对画中那些粉红脸蛋胖乎乎的人一点也不反感,相反觉得他们可亲可爱,因为他们非常像我的阿尔萨斯的舅舅们。我外祖父只承认一八七一年的法国版图,他时不时去贡斯巴赫、法芬赫芬看望留居在那里的人。他也带我去。无论在火车里德国检票员向他查票时,或在咖啡馆里德国跑堂对他有所怠慢时,夏尔·施韦泽的爱国怒火便涌上心头,脸气得通红。这时两位夫人紧紧挽住他的双臂:"夏尔!你想过没有?他们会揍我们的,到那时你后悔也来不及了。"外祖父提高嗓门:"我就是要看看他们怎么揍我,我这是在自己的国土上呢!"两位夫人赶紧把我推到他的脚跟前,我用央求的神情望着他,他平静下来,叹道:"看在孩子的分上,算了。"一边用干瘪的手指摸着我的头。这种场面引起我对他的不满,而没有激起我对占领者的愤慨。再说,夏尔在贡斯巴赫少不了每周对弟媳妇发几次脾气,他常常把餐巾往桌子上一甩,砰的一声关上餐厅的门离去。弟媳可不是德国女人呀!饭后我们跑到他脚前哭哭啼啼,抽抽泣泣,而他脸色铁青,不理睬我们。外祖母说:"阿尔萨斯对他一点好处也没有,他不该这么经常去那儿。"怎么能不同意她的看法呢?况且我不太喜欢阿尔萨斯人,他们对我不敬重。所以,别

---

① 法国每个城镇的政府正门高处都有时钟。这句话意思是说普鲁士人占领了阿尔萨斯-洛林各城镇。
② 汉西(1873—1951),阿尔萨斯漫画家。

人把他们抢走,我并不那么懊丧。有人说我到法芬赫芬的食品杂货商勃卢门费尔德先生家去得太勤了,说我屁大的小事都要去惊动他。卡罗利娜姆姆像煞有介事地"提醒"我母亲,人们又将此话告诉了我,这一次,路易丝和我串通一气,因为她很讨厌丈夫的老家。

在斯特拉斯堡,我们聚集在一家旅馆的房间里,我突然听见尖细而明快的音乐声,赶紧跑向窗口,军队!我兴致勃勃地观看普鲁士军队在孩子气的音乐声中列队而过,我拍手叫好,外祖父却坐在椅子上咕咕哝哝;母亲过来轻轻在我耳边提醒我应该离开窗口。我照办了,但有点不情愿,我当然恨德国人啰,不过不那么坚定罢了。何况就是夏尔本人也只能以委婉的方式发泄他的沙文主义情绪。一九一一年,我们离开默东迁居到巴黎勒高夫街一号,他不得不退休了。但为了养活我们,创立了实用语言学院,向旅居法国的外国人教授法语,用的是直接教学法。学生大部分来自德国,学费付得很高。外祖父把金路易①放进上衣口袋里从不计数;外祖母是失眠症患者;她夜里溜到前厅偷偷捞一些金路易据为己有,这是她亲自告诉她女儿的。总之一句话,敌人付钱供养我们。如果法德开战,阿尔萨斯会归还给我们,学院却要破产,所以夏尔是主张维持和平的。再说也有好德国人,他们来我们家吃饭,如一个脸红红的、汗毛很浓的女作家,路易丝带着几分醋意嘲笑她,管她叫"夏尔心爱的女人";一位秃头大夫,一次把我母亲逼得紧贴门上,企图亲吻她。她怯生生地向她父亲抱怨这件事,外祖父却大为光火:"你使我跟所有的人都闹翻了。"他耸

---

① 指第一次世界大战前法国使用的二十法郎金币。

耸肩膀,下结论说:"你一定是睁着眼睛做梦吧,我的女儿。"到头来反倒是她自感有罪。所有的客人都懂得必须对我的品德大加赞扬,他们温顺地捏捏我摸摸我。可见,尽管出身不同,他们隐隐约约也有善的概念。庆祝学院成立周年的时候,来了总有一百多客人,他们喝着蹩脚的香槟酒,我母亲和穆黛小姐合奏巴赫的乐曲。我穿着蓝色平纹细布长罩衣,头发梳得闪闪发亮,宛如插上翅膀,在客人中飘来荡去,托着果篮,敬献橘子,他们啧啧称赞:"真是个小天使!"这么看来,这些人并不太坏啊。

诚然,我们并不因此而放弃替受难的阿尔萨斯报仇雪恨,家人聚在一起的时候,我们把德国鬼子当作笑柄,百般奚落,不过声音很轻,贡斯巴赫和法芬赫芬的表兄弟们就是这样的。我们嘲笑一个女大学生达一百次之多,可谓不厌其烦,为的是她在一次把德文译成法文的练习中出了差错:"夏绿蒂全身酸痛,瘫倒在维特的墓前。"①我们以同样的劲头嘲笑一个年轻教师。他在一次晚餐上,狐疑地端详他那片瓜,末了他竟连瓜子和瓜皮统统吃了下去。德国人出这种洋相反倒使我倾向于宽恕他们,因为他们是劣等人类,好在他们有幸成为我们的邻邦,我们将对他们进行启蒙教育。

人常说,没有胡须的亲吻就像没有盐的鸡蛋,我补充一句,就像没有恶的善,就像一九〇五至一九一四年间我的生活。如果说人们只能通过对立的两个方面来确定自己的特性,我却活生生地体现了不能确定性:如果说爱与憎是一枚奖

---

① 应译为:"夏绿蒂一听便昏倒在阿尔伯特跟前。"见歌德的《少年维特的烦恼》。

章的正反面,我却既不爱物也不爱人,这是必然的结果,因为人们不可能既要恨又要讨人喜欢,既要讨人喜欢又要喜欢他人。

那么我是不是那喀索斯①呢?倒也不是,我一味卖俏,也就忘乎所以了。总之,我并非兴致勃勃地玩沙子、胡写乱画、小便大便,在我看来,至少要有一个成人赞赏我的产品,我的所作所为才有价值。好在掌声不断,无论听我叽叽喳喳,还是听我演奏巴赫的赋格曲,大人们一概微笑着品尝,神情狡黠,十分默契。这表明我实际上是一件文化家产。文化浸透了我,我以文化的光辉反射着家庭,如同傍晚池塘反射着白日的炎热。

我在书丛里出生成长,大概也将在书丛里寿终正寝。在外祖父的办公室里到处是书,一年只在十月开学的时候打扫一次,平时不许掸灰尘。我早在不识字的时候就已经崇敬书籍,这些竖着的宝石,有的直立,有的斜放,有的像砖一样紧码在书柜架上,有的像廊柱一样堂而皇之地间隔矗立着,我感到我们家是靠了书才兴旺的。我在一间小小的圣殿里嬉戏,周围是一些方方厚厚的古代艺术珍品,它们亲眼目睹我出世,也将给我送终;书不离身使我有一个清静的过去,也使我有一个清静的未来。我偷偷地摸摸书、碰碰书,让双手有幸沾一点书上的尘土,但不知拿书做什么用。我每天恭恭敬敬地参加仪式而不解其意:外祖父平时笨手笨脚,连扣手套也要我母亲代

---

① 那喀索斯,希腊神话中的美少年,他看见水中自己的倒影,顾影自恋,相思而死。这是指自我欣赏到自恋的程度。

办,但摆弄起这些文物来却灵巧得好似主祭司。我千百次看见他心不在焉地站起身来,绕桌一圈,两大步横穿房间,毫不迟疑地抓起一本书,根本不必费时选择。他一边回到扶手椅,一边用拇指和食指翻阅着,刚刚坐定,一下子就翻到了"要找的那一页",啪的一声打开,那声音像皮鞋发响。有时候我走近看看像牡蛎一样裂开的盒子,发现里面赤裸裸的内脏,但见灰白而发霉的纸张微微凸起,覆盖在上面的黑色小静脉,吸饱喝足了墨水,散发出蘑菇味儿。

在外祖母房间里,书是躺着的,这是她从一家阅览室借来的,我从来没有见过一次超过两本。这种无价值的装饰品使我想起过年吃的糖果,因为书页柔软而发亮,很像裁剪好的铜版纸。纸张光亮、雪白,几乎是新的,总带着点儿神秘感。每星期五外祖母梳妆打扮一番,出门时对我们说:"我还书去。"回家后,她摘下帽子,卸了装,从手笼里取出书来。我感到蹊跷,心想:"莫非还是那两本?"她精心地包上书皮,不让人看封面,然后选择其中一本,在靠窗口的安乐椅里坐定,戴上圆框眼镜,疲乏而安乐地叹口气,垂下眼皮,脸上浮现出一种美滋滋的、机灵的微笑,这种微笑我后来在若孔德夫人①的嘴唇上重新见到。母亲默不作声,也请我不要说话。于是乎,我想到了弥撒、死亡、睡觉,我浸沉在神圣的静穆中。路易丝时不时发出轻微的笑声。她把女儿叫过去,用指头点着一行字,两位夫人交换一个会意的眼色。不过,我不喜欢这种装订的书,

---

① 若孔德夫人即意大利画家达·芬奇的名画《蒙娜·丽莎》的原型,于一五〇三年至一五〇六年间创作,现藏卢浮宫。人们推测这是佛罗伦萨银行家弗朗塞斯卡的夫人蒙娜·丽莎的画像:她抿嘴微笑,从各个角度看,她都在微笑。

太讲究了。这是我们家的不速之客,外祖父老实不客气地说这些书只为不懂事的人所崇拜,只有娘儿们才欣赏。星期天,他闲着无聊,走进妻子的房间,直挺挺地站在她面前,但无话可讲。众人望着他,他劈里啪啦地敲打玻璃窗,实在想不出新花样,便转身走向路易丝,突然从她手中抢走小说。她怒冲冲地叫道:"夏尔,你干什么?我念到哪儿了?一会儿该找不着啦!"但见他趾高气扬地朗读起来,突然用食指敲敲书,说道:"不懂!"外祖母说:"你怎么会懂呢?你是从当中念起的呀!"于是他把书往桌子上一扔,耸耸肩走了。

外祖父绝对不会错的,因为他是内行。我很清楚,他曾经指给我看书柜的一格上放着好些大本大本的书,硬纸褐色布贴面。"小乖乖,这些书是外公我编写的。"多么令人自豪啊!我是专门生产圣物的能工巧匠的外孙。他像管风琴制造者一样令人尊敬,像为教士做衣服的裁缝一样可敬。我看见过他著书:每年再版一次《德语读本》。暑假里,全家焦急地等着校样。夏尔是不能容忍无所事事的,他对虚度光阴非常恼火。邮差终于送来了大包大包软邮件,家人用剪刀铰断细绳。外祖父打开长条校样,摊在餐室的饭桌上,他在校样上划一条条红杠杠,每发现一个印刷错误,就嘀咕着骂天咒地。女用人叫开饭时,他才停止嚷嚷。全家都高高兴兴的。我站在椅子上,陶醉地观赏着条条黑字和贯穿其间的血红条痕。夏尔·施韦泽告诉我他有一个死对头,那就是他的出版商。外祖父不善于算账,他因为无忧无虑而挥霍无度,因为爱出风头而慷慨解囊,结果到了风烛残年时,他得了八旬老人的吝啬病,那是肢体不灵和怕死所造成的。不过当时这种毛病还只是表现为一种古怪的多疑。每当他收到汇款单,看到作者版权的金额时,双臂举起,叫嚷别人掐他的脖子,要不然走进外祖母的房间,阴沉沉地声称:"我的出版商抢了我的钱,简直是绿林大盗。"我目瞪口呆,惊讶之余发现了人剥削人。这是十恶不赦的现象,幸亏范围有限,否则世界倒是十全十美的。不过人说老板按照工人的贡献在可能的范围内给以报酬。那么为什么出版商,这些吸血鬼,要损坏这一美名而大吸我可怜的外祖父的血呢?这位圣人的一片献身精神没有得到报偿使我对他倍加尊敬:我很早就把教书看作是一种圣职,把文学看作是一种激情了。

我还不识字,但为了赶时髦,要求有我的书。于是,外祖父跑到他的混账出版商那儿要来了诗人莫里斯·布肖写的《布肖故事集》,里面是几篇民间传说,经过改头换面适合于儿童的口味。据作者自己说,他这个成年人以儿童的眼光进行编写。我想立即举行接收仪式。我捧起这两本小书,闻了闻,摸了摸,漫不经心地翻到"要找的那一页",发出啪啪的响声。结果白费了力气,因为我并没有占有它们的感觉,我力图把它们当作玩具娃娃,哄哄,吻吻,打打,也不成功。我只得哭丧着脸把书放到母亲的膝盖上。她眼睛离开了活计,抬起头对我说:"你要我给你念什么啊,亲爱的?仙女吗?"我疑惑地问道:"仙女?这里面讲仙女吗?"仙女的故事我是很熟悉的,母亲经常讲给我听。她给我洗脸的时候讲,只在给我擦花露水时停一停;她给我洗澡的时候也讲,到浴缸底下捡从她手上滑下去的肥皂时停一停。所以我现在听起来心不在焉,这样的故事我太熟悉了。我一个劲儿地瞅着安娜-玛丽,她是我每天清晨的侍女;我专心地听着她战战兢兢的声音,这声音是由于她的地位低下所造成的。我喜欢她那些半句半句的话,姗姗来迟的词语。她说话时猛一上来很有把握,但很快就乱了阵脚,败下阵来,她的自信消失在悦耳动听的稀疏的话语中,但一阵缄默之后,她的自信又重新抬头。故事,通过讲故事,她把内心的独白串连在一起了。她讲故事的时候,我们俩始终单独和秘密地在一起,远离人间,远离诸神,远离教士,好似两只带角的母鹿①,和其他成仙的鹿在一起。我不明白人们居然把我们散发出肥皂和香水味的世俗生活片断写进了整整一本书里。

安娜-玛丽让我在小椅子上跟她面对面坐着。她弯下腰,垂下眼皮,好似睡着了。她的脸酷似塑像,嘴里发出无动于衷的声音。我完全糊涂了:谁在讲故事?讲什么?讲给谁听?母亲完全进入了角色,没有一丝微笑,没有一点默契的表示,我被弃置不顾了。再说,我已经听不出是她的语言了。她哪儿来的这份自信呢?过了一会儿,我才明白,这是书在说话。从书里跳出来的句子使我惊恐不已,这可是真正的蜈蚣呵:音节和字母麇集在一起乱蹿乱动,二合元音拉得长长的,双辅音哆哆嗦嗦的。朗朗的读书声中鼻音很重,虽然休止和换气时稍断一断,但仍旧浑然一体,抑扬顿挫地带着许多我不懂的词语向前流动,根本不答理我。有时候没有等我明白,就滑过去了;有时候我早已明白,却大模大样地摇来摆去一直拖到终点,连一个逗号也不给我落下。毫无疑问,这篇宏论不是为我而发的。至于故事,则经过一番节日的打扮。樵夫,樵夫的老婆以及他们的两个女儿,还有仙女,所有这些平民百姓,我们的同类,都变得庄严郑重起来了。人们用华丽的笔调来描述

---

① 母鹿没有角,意思是尤物。

他们褴褛的衣衫,言词装饰着事物,使行动礼仪化,使事情仪式化。故事讲到这里,就有人发问,这是因为外祖父的出版商专门出版学校读物,就是说他不肯失去任何机会训练年轻读者的智慧。我好像感到有人在向一个孩子发问:要是处在樵夫的地位,他会干些什么呢?他喜欢两姐妹中的哪一位呢?为什么?他赞成惩罚巴贝特①吗?这个孩子不完全是我吧,我可害怕回答呀。不过我还是做了回答,但我微弱的声音消失了,感到自己变成了另一个孩子;安娜-玛丽也是,也变成了另一个女人,带着"天眼通"瞎子的神情。我感到我是所有母亲的孩子,她则是所有孩子的母亲。母亲停下不念了,我生气地从她手里夺回书,夹在腋下走了,连谢也不谢一声。

久而久之,我喜欢上使我神往的啪嗒翻书声:莫里斯·布肖眼观世界,关怀着儿童,宛如大商店的各部门主任关照着女顾客。我十分得意,无意中喜欢上预先编好的故事,而不怎么喜欢即兴的故事了。我对言词前后严密的排列开始具有感受力,每念一遍,书上都是同样的词,都是同样的秩序排列,可以事先盼着。在安娜-玛丽的故事里人物则是瞎碰运气的。就像她自己瞎撞瞎碰一样,但最后人人各得其所。而我好似在做弥撒,人名和事情周而复始地在我耳边缭绕。

我于是嫉妒起母亲来,决心取她而代之,强夺了一本书,书名是《一个中国人在中国的苦难》。我拿着书躲到堆杂物的房间里,爬到一张有栏杆的铁床上,摆出一副读书的样子:我顺着一行一行黑字往下看,一行也不跳过。我大声地给自己编讲故事,并且注意发清楚每个音节。家人无意撞见了

---

① 巴贝特,故事中的女孩名。

我,——也许我故意让人撞见——喜出望外,决定教我识字。我很勤奋,活像初学教理的人,甚至于自己开小灶上课:我带着埃克多·马洛①的《苦儿流浪记》爬到围栏式铁床上学起来。这个故事我记得很熟,一半靠死记硬背,一半靠连蒙带猜,反正我一页接着一页地往下念,等念完最后一页,我已经学会念书了。

我欣喜若狂:这些像在标本盒里的植物一样被晒干的声音,现在也属于我了。先前外祖父用目光使干枯的声音复活:他听得明白,我却听不明白。现在我也会听了,也会满口讲客套话了。我将上知天文,下知地理。家人任凭我在书房里漂泊,我向人类的智慧发起了进攻,这使我获益匪浅。后来,我无数次听到仇视犹太人的家伙责骂犹太人不懂得大自然的含义和不会欣赏静谧的甜美。针对这种论调,我反驳道:"那么,我比犹太人还犹太人。"农民对幼年的记忆是杂乱无章的,只记得如何天真烂漫地淘气,而我所记忆的东西却跟他们大相径庭。我没有扒过土,没有掏过窝,没有采集过植物,没有扔石头打过鸟。然而,书是我的鸟和窝,书是我的家畜和畜棚,书是我的乡间。书柜是一面镜子,把世界一并收入其间。它与世界一样无边无际,千姿万态,变幻莫测。我投入了难以置信的冒险,为达到书柜的高处,得爬椅子、登桌子,大有引起山崩地裂把我埋没的危险。最高一格的书我一直够不着,有些书刚发现就被人从我手中夺走了。还有些书跟我捉迷藏,我取出来刚念了个开头便放回原处,要一个星期方能重新找到,可见放错了地方。我看到了丑恶的东西,心里直发毛;打

---

① 埃克多·马洛(1830—1907),法国作家,《苦儿流浪记》是他的代表作。

开一本画册,碰到一版彩色画,面目可憎的昆虫在我眼前麇集蠕动。我趴在地毯上,枯燥无味地浏览着封特奈尔①、阿里斯托芬②、拉伯雷③的著作,文句硬邦邦的,我怎么也啃不动。于是我仔细观察,绕着圈子走,假装躲得远远的,然后突然出其不意,一个回马枪,攻其不备,但多半没有用,不懂的句子依然严守秘密。我成了拉佩鲁斯④,麦哲伦⑤,伐斯科·德加马⑥。我发现千奇百怪的"土著人",如泰伦斯⑦用亚历山大诗体写的剧本《Heautontimoroumenos》⑧,又如在一本论比较文学的著作中出现的 idiosyncrasie⑨。尾音省略,交错配列法,典故以及无数其他像卡菲尔人⑩般的难以捉摸和不可接近的词语不时出现在某页的某个角上。只要它们一出现,整段的意思就被搞得支离破碎。这些佶屈聱牙和晦涩难懂的词语在十年或十五年之后我才知道是什么意思,但时至今日,还没有彻底弄明白:这是我记忆的腐殖土。

① 封特奈尔(1657—1757),法国作家,高乃依的侄子。曾任科学院常务秘书。著有《宇宙万象解说》。
② 阿里斯托芬(约前445—前386),古希腊最著名的喜剧家。
③ 拉伯雷(约1494—1553),十六世纪法国文艺复兴时期最重要的作家,著名长篇小说《巨人传》的作者。
④ 拉佩鲁斯(1741—1788),法国著名航海家,受路易十四派遣,前往发现新大陆,被瓦尼科罗岛的土著人杀害。
⑤ 麦哲伦(约1480—1521),葡萄牙航海家,他首次进行环球旅行时,在菲律宾被害。
⑥ 德加马(约1469—1524),葡萄牙航海家,于一四九七年发现可以从好望角通往印度。
⑦ 泰伦斯(前190—前159),迦太基人,后沦为罗马奴隶,著名的拉丁语喜剧家,留下六部喜剧。
⑧ 拉丁文:《赎罪者》。
⑨ 医学术语:特应性。
⑩ 卡菲尔人,系指非洲东南部沿海一带说班图语的部分居民。

书柜里净是法国和德国的伟大经典著作,此外有一些语法书,几本著名的小说,如莫泊桑短篇小说集之类,几本画册——一本鲁本斯①画册,一本梵狄克②画册,一本丢勒③画册,一本伦勃朗④画册——这些是外祖父的学生作为新年礼物送给他的。可怜的小天地。好在《拉鲁斯大词典》为我弥补了一切,我随手从写字台后面的书柜倒数第二格上取下一卷,A‐Bello,Bello‐Ch,Ci‐D,Mele‐Po,Pr‐Z⑤(这些音节的组合成了专有名词,划定着包罗万象的知识领域:有Ci‐D区域,有Pr‐Z区域,各自有各自的动物区系和植物区系,各自有各自的城市、大人物、战役等);我吃力地把词典放到外祖父的写字垫板上,把它打开,一本正经地在里面掏鸟窝捉鸟,捕捉停在逼真的花上活灵活现的蝴蝶。书里人畜皆有,栩栩如生。版面是他们的躯体,正文是他们的灵魂,是他们独特的精髓。我们一出家门遇见的则是轮廓模糊的草图,多少近乎原型,未臻完善:动物园里的猴子反倒不大像猴子,卢森堡公园里的人反倒不大像人。我骨子里是柏拉图学派的哲学家,先有知识后见物体。我认为概念比事物更真实,因为我首先接受的是概念,而且是作为实实在在的事物加以接受的。我在书中认识宇宙,对天地万物进行了一番融会贯通,分门别类,贴上标签,备加思索,但此后,依然感到宇宙可畏,我把自己杂乱无章的书本知识和现实情况的偶然性混为一谈。由此

---

① 鲁本斯(1577—1640),比利时画家。
② 梵狄克(1599—1641),比利时画家。
③ 丢勒(1471—1528),德国画家和雕刻家。
④ 伦勃朗(1606—1669),荷兰著名画家。
⑤ 词典按二十六个字母的顺序排列,如第一卷的第一个词是A,最后一个词的词头是Bello,封面上标着A‐Bello,下列各卷,以此类推。

产生了我的唯心主义,后来我花了三十年的时间方始摆脱。

日常生活是清高的:我们所交往的人老成持重,他们口齿伶俐,言不虚发,他们的信念不是建立在健全的原则上,便是以民族的智慧为依据。其实他们与众不同之处,不过是心灵上的一种矫饰主义,我却耳濡目染,习以为常了。他们一发话,我就心悦诚服。他们讲得既透彻又简洁,言之有理,不容置疑。他们想为自己的行为辩护时,申述的理由是那么冗长可厌,不可能没有道理吧。他们自鸣得意地披露自己的良心问题,这并没有使我心绪不宁,反而对我颇有裨益,因为这种良心上的冲突是假的,事先早已解决好了的,而且总是千篇一律。他们的过错,一旦自己承认之后,便无足轻重了。因为操之过急,或一时气愤——尽管合情合理,但也许火气太大了一点——使他们的看法发生了偏差,好在他们早已及时改正了。而不在场的人总是错的,并且比较严重,但不是永远不可饶恕的。在我们家里从不讲别人的坏话,只是不胜伤心地指出别人性格上的缺陷。我聆听着,理解着,赞同着,感到他们的话使人放心。既然讲话的目的是使人放心,那么我讲的话也不会出错了。任何事情都不是无可救药的,实际上什么都没有变动;表面上的骚动徒劳无功,掩饰不了死一般的寂静,然而死气沉沉正是我们应守的本分。

我们的客人告辞后,我自个儿留下来,从这平庸的墓地逃跑,到书里去寻找生活,寻找欢乐。只要打开一本书,我便再次发现书中的思想不合人情,令人担忧,其浮夸和深奥之处超过了我的理解力,行文从一个概念跳到另一个概念,迅速之极,一页之内我得中断无数次,无奈任其逃之夭夭,我莫衷一是,已经晕头转向了。我亲眼目睹一些事情,要是问外祖父,他决计认为不可置信,书中却白纸黑字写得清清楚楚,明明白白。人物出其不意地出现,相亲相爱,吵架闹翻,互相扼杀;幸存者忧伤成疾,最终一命呜呼,到九泉之下与他刚杀害的朋友或温柔的情妇会合去了。应该怎么办呢?我也要像成人一样或指责,或祝贺,或宽恕吗?但这帮标新立异的人物一点儿也不想按我们的原则行事。他们的动机,即使写出来,我也不明白。布鲁图斯①杀死他的儿子,马特奥·法尔科纳②也这么干,可见这等事似乎相当普遍。不过在我周围谁也没有干过这种事。在默东的时候,外祖父和舅舅爱弥尔闹翻了,我听见他们在花园里吵吵,但看不出他想宰儿子。要不然他怎么会谴责杀婴之父呢?而我不置可否,反正我自己并未面临危险,因为我是孤儿嘛。这类大肆炫耀的凶杀案,我感到可乐。不过在故事的行文中我感到有一种啧啧称赞的味道,这使我莫名其妙。对贺拉斯③,我好不容易克制住自己没朝他的画像上吐唾沫,瞧他那副德行,在画面上他头戴钢盔,手持光亮的宝剑,正在追赶可怜的卡米叶哩。卡尔有时哼哼:

① 布鲁图斯,罗马共和国创建人之一,于公元前五〇九年推翻帝制,宣布共和,被选为罗马共和国第一任执政官。因其子与皇党勾结,他大义灭亲,把谋叛的儿子判处死刑。
② 法国十九世纪作家梅里美短篇小说《马特奥·法尔科纳》中的主人公。因其子做了背信弃义的事而将儿子处死。
③ 法国古典主义戏剧创始人高乃依(1608—1684)的悲剧《贺拉斯》的主人公。剧情取材于古罗马故事。罗马和阿尔巴的战争持续多年,最后双方决定,各方出三人,败者的国土将被胜者吞并。贺拉斯孪生三兄弟代表罗马一方,对方是居里亚斯孪生三兄弟。决斗开始后,最小的贺拉斯见两个哥哥已战死,便佯作逃跑。然后回马将三个受伤的敌手各个击破,一一杀死。贺拉斯凯旋,他妹妹卡米叶知道情人被杀(因她已与居里亚斯一兄订婚),站在城门上指责他。贺拉斯勃然大怒,当场杀死了自己的妹妹。

近戚远亲,

不如兄妹手足之情……

这使我神魂颠倒:倘若我万幸有一个妹妹,我会感到她比安娜-玛丽更可亲吗?甚至比卡尔妈咪更可亲吗?说不定她便是我的情人。情人这个词,我当时经常在高乃依的悲剧中见到,但不解其意。情人们拥抱亲吻,海誓山盟永睡一张床(稀奇古怪的习惯:为什么不像我和母亲那样分开睡在两张相同的床上呢?)。除此之外,我一无所知。然而我揣测到在冠冕堂皇的构思里藏着一团毛茸茸的肉体。总而言之,要是我当哥哥,说不定会犯乱伦罪呢。我大胆地设想着。想入非非吗?掩饰禁忌的情感吗?两者都很有可能。我有一个大姐,就是我的母亲;我希望有一个妹妹。今天——一九六三年——母亲依然是唯一使我动感情的亲属①。我千错万错不该到妇女们中去寻找这个从未存在过的妹妹,难怪我碰了钉子,并为此付出了代价。尽管如此,时至今日我写到此事,当年为卡米叶惨遭杀害而愤愤不平的怒气又涌上心头。她是那样的纯洁,那样的活泼,以致我想贺拉斯的罪行兴许是我反军国主义的一个思想来源:军人居然杀害自己的姐妹。我要给

---

① 作者原注:将近十岁的时候,我读到《横渡大西洋的客轮》[法国作家阿贝尔·埃芒(1862—1950)的作品。——译者],心神酣畅。书里讲一个美国小男孩和他妹妹的故事。他们青梅竹马,两小无猜。我自己扮演男孩,深入他的角色,热恋着小姑娘比蒂。我很久以来一直想写一个短篇小说,讲一对因心中有乱伦的念头而迷途的孩子。不过在我的一些著作中,已能找到这种幻觉的蛛丝马迹。例如,在《苍蝇》中的俄瑞斯忒斯和厄勒克特拉,在《自由之路》中的鲍里斯和依维什,在《阿尔托纳的隐居者》中的弗朗茨和莱妮。只有弗朗茨和莱妮这一对付诸行动。这类家庭关系,引起我注意的并非是情欲,而是禁止性交:火与冰,纵情与节制交错在一起;如果乱伦是柏拉图式的,我倒挺喜欢。

这个兵痞一点颜色看看。我恨不得一下子吊死他!十二发子弹一齐打进他的身子才解气。我把这一页翻了过去,然而下一页上的印刷文字证明我错了:应该宣告杀妹妹的人无罪①。顷刻之间,我气急败坏,跺脚捶胸,活像一头上了圈套的公牛,灰心丧气。之后,我赶紧平息怒气,事情总有个始末呀!应该适可而止:我太年轻了,把什么都搞得颠三倒四的。再说,宣告无罪这一节正好是用为数很多的亚历山大诗体写的,难懂极了,我急不可耐地跳了过去。我喜欢这种一知半解,故事里有许多地方不理解,这就使我感到迷迷惘惘。我读了二十遍《包法利夫人》的最后几页,末了能把整段整段背得滚瓜烂熟,但依然不明白可怜的鳏夫的所作所为:是的,他发现了信②,但难道就有理由听凭胡子乱长吗?他向罗道耳弗投以忧郁的眼光,对他记仇抱恨,到底仇恨什么呢?那他为什么又对罗道耳弗说"我不恨你"呢?为什么罗道耳弗觉得他"滑稽和有点儿卑贱"呢?之后,查理·包法利死了,忧郁而死的呢?还是生病而死的呢?既然一切都了结了,那为什么医生还剖检他?我喜欢这种难以克服的阻力,因为每每我都败下阵来。我莫名其妙,精疲力尽,领略着似懂非懂、模棱两可所激起的快感,这就是所谓世界的厚度吧。

外祖父爱在家里唠叨所谓人心,我觉得这既乏味又空洞,除了在书本里,人心到处都是一个样子。使人眼花缭乱的姓

---

① 贺拉斯杀死妹妹卡米叶之后,有人把事情告到国王那里。经过一番辩论,国王对贺拉斯说:"你的美德使你的荣耀超过你的罪过。"从而保护了贺拉斯。
② 查理·包法利在妻子自杀之后,发现了她的情人罗道耳弗写给她的情书。

名决定着我的情绪,时而使我恐怖万状,时而使我郁郁寡欢,连我自己也不知道由于什么缘故。当我念叨着"查理·包法利"的时候,仿佛看见一个衣衫褴褛的大胡子在围墙里散步,简直让人不堪忍受,定睛一看,又无影无踪了。导致我既焦虑又快乐的原因是在我身上存在着两种矛盾的忧虑:一方面我担心一头栽进虚构的天地里,在里面陪着贺拉斯、查理·包法利游荡不止,无望重新回到勒戈夫街,回到卡尔妈咪和母亲身边;另一方面我推想着这一连串的句子对成年读者提供的一些意义,而这些意义对我则是回避的。我通过眼睛往脑子里灌进一些有毒的词儿,这些词的含义比我原先知道的要丰富得多。虚构的故事与我并不相干,但故事人物怒不可遏的言语有一种外来的力量,在我身上引起一种难以忍受的忧伤,简直能把一个人的生命给毁了:我是否也会感染中毒而死呢?我贪婪地吸收语言的同时,深深地被形象吸引住了,幸亏上述两起危险彼此排斥,我方始得以逃生。

日暮时分,我陷落在词丛语林里不能自拔,稍微有一点儿声音都会使我哆嗦,把地板咯啦咯啦的响声当作感叹词在劈里啪啦作响,我满以为找到了大自然的语言。这时母亲进来,打开灯,大惊小怪地叫着:"可怜的乖乖,你糟蹋自己的眼睛啊!"我好不失望地回到家庭平庸的谈吐中来,同时又感到宽慰。我跳将起来,撒野,大叫,乱跑,做怪样。不过,恢复童性之后,我仍感不安:书里讲些什么?谁写的书?为什么写这些书?我把这些忧虑开诚布公地向外祖父倾吐。他经过思索之后,认为该给我开窍了。他干得挺出色,给我留下了深深的烙印。

他一面让我骑在他绷直的腿上,一面唱道:"骑在我的小马上,马儿跑得快如飞,连连放臭屁。"听到这不堪入耳的歌词,我不禁大笑。他停住唱,让我坐在他的双膝上,目光炯炯,直盯着我的眼睛说:"我是男子汉大丈夫。"并像演说似的重复道:"我是男子汉大丈夫,无论人间什么事,一概通晓。"这话未免夸海口了。其实像柏拉图的"共和国"里没有诗人的位置一样,卡尔把工程师、商人,可能还有军官统统排斥在他的"共和国"之外。他认为建设工厂是破坏风景,对纯理论科学,也只欣赏其纯。我们在盖里尼度过七月下半月,我舅舅乔治带我们参观铸造厂。厂里很热,一些穿着破旧的粗鲁人挤来挤去老是撞着我们,巨大的嘈杂声震得我昏头昏脑。我害怕得要命,无聊得要死。外祖父出于礼貌看着熔液赞不绝口,但他视而不见,根本没往眼里去。可八月份在奥弗涅时大不一样了。他串乡走镇,到处搜索,在古代砖砌建筑前面站定观看,用手杖头敲敲砖,兴致勃勃地对我说:"你眼前所看到的,小乖乖,是高卢罗马时代的砖墙。"他也很欣赏教堂建筑,尽管厌恶天主教徒,但只要见到教堂是哥特式的,少不了要进去看看;至于罗马风格的教堂,这要根据他的情绪而定。那时他已不怎么去听音乐会了,但以前常去:他喜欢贝多芬,喜欢演奏贝多芬音乐时的排场和大乐队;他也喜欢巴赫,但劲头不大。有时他走近钢琴,并不坐下,用僵硬的手指使劲弹几个和弦。外祖母抿嘴笑着说:"夏尔在作曲呢!"他的儿子们——尤其是乔治——个个都是杰出的演奏者。但他们讨厌贝多芬,只愿意演奏室内音乐。外祖父倒不在乎这些意见分歧,而且和颜悦色地说:"施韦泽一家天生就是音乐家。"我生下才八天,听到调羹叮当响时乐呵呵的,他便断定我的耳朵有乐感。

彩画玻璃窗,拱扶垛,雕门画栏,赞美歌,木刻或石刻的耶稣受难像,诗文默祷或诗律学,种种这类人文科学,直截了当地把我们引到超凡的精神境界,再加上自然界的美,更使我们感到进入了仙境。上帝的创造物和人类伟大的作品是一脉相承的。彩虹在雾气腾腾的瀑布中闪烁,在福楼拜作品的字里行间闪闪发光,也在伦勃朗透明阴影的画幅上荧荧发亮,这道彩虹就是灵魂。灵魂向上帝赞扬人类,向人类显示上帝。我外祖父在"美"中看出有血有肉的"真",在"美"中发现最高尚的升华源泉。在某些特定的场合——如暴风雨突然在山中爆发之时,或维克多·雨果灵感迸发之际——人们可以达到"真""善""美"浑然一体的最高点。

我已经有了自己的宗教信仰:在我看来,没有任何东西比书更为重要。我把书房看作教堂。作为教士的子孙,我生活在世界屋脊之上,所谓世界屋脊,就是七层楼上吧。我栖在主干——树干——的最高处,即电梯井的顶部。我在阳台上走来走去,向行人投以居高临下的目光,越过栅栏门,向跟我同岁的女邻居吕塞特·莫罗致意;然后回到 Cella①,或者说圣殿。我金发鬈鬈,长得像个小姑娘,从不亲自下楼,每当——也就是说每天——我由母亲领着去卢森堡公园,只是把我不值钱的外表借给低处罢了,而我享天福的圣身并没有离开高处。我想现在它还在高处,凡是人都有他的自然地位,这个自然地位的高度不是自尊和才华所能确定的,而是儿童时代确立的。我的自然地位就是巴黎七层楼,能看见千家万户的屋顶。曾有很长一段时间,山谷使我感到窒息,平原使我气闷,

---

① 拉丁文:神殿。

好像在火星上步履艰难地爬行,犹如肩负重荷,被压得透不过气来。但只要爬上乡间低矮的小屋顶上,我便乐不可支,好似回到我的七层高楼上,我在那里再一次呼吸到纯文学稀薄的空气,天地万物层层铺展在我的脚下。万物个个谦恭地恳求有个名字。给每个事物命名,意味着既创造这个事物,又占有这个事物。这是我最大的幻觉。但要是没有这个幻觉,我大概绝不会写作了。

今天,一九六三年四月二十三日,我在一幢新楼房的第十一层上修改这部手稿。凭敞开的窗户眺望,我看见一座公墓,看见巴黎,看见圣克卢蓝湛湛的山丘,足见旧习之顽固。不过现在一切都变了。儿时,我确实想配得上这样的高度。如此喜欢高楼顶部的小房间,总怀着一点野心吧,总有点虚荣心吧,总想对我矮小的个子有个补偿吧,不,不见得,因为我不需要往我的圣树上攀:我就出生在上面,只是拒绝下来罢了;亦并非要把自己高高置于人类之上,而是想在太空中遨游,生活在事物空灵的幻影中间。但后来我根本没有死抓住热气球不放,而是千方百计要往下沉,恨不得给自己穿上铅底鞋。幸运得很,有时我接触到海底细沙上的珍奇,由我这个发现者给它们命名。但有时毫无办法,我的轻薄不可抗拒地使我浮在水面上。到头来,我的高度计出了毛病。时而我是浮沉子,时而我是潜水员,有时则两者皆是。不过,这对于干我们这一行倒挺合适:出于习惯,我住在空中,同时到下面去探索,但不抱太大的希望了。

总得给我讲讲作家吧。外祖父给我讲得很有分寸,而且不带感情。他教我念这些杰出人物的姓名,我自个儿待着的时候,把这个名单统统背了下来,从赫西奥德①到雨果,一个不漏,他们是圣人和先知哟。据夏尔·施韦泽自己讲,他对他们顶礼膜拜。但他们把他带坏了。他们老缠着他,使他不能把人类的杰作直接归功于圣灵。所以他暗中更喜欢无名氏,更喜欢那些谦虚地隐姓埋名的大教堂建造者,更喜欢无数的民歌作者。他不讨厌莎士比亚,因为莎氏其人到底是谁至今还未确定。出于同样的理由,他对荷马②也不反感。他还喜欢几个不能完全肯定是否存在过的作家。至于那些不愿意或不善于销声匿迹、隐姓埋名的作家,他尽量原谅他们,但有一个条件:他们必须是已故的。对于他同代的作家,他则一概否定,只有阿那托尔·法朗士③和库特林纳④除外,后者能逗他发笑。夏尔·施韦泽颇为自豪地享受着人们对他的敬意:敬重他的高龄,敬重他的修养,敬重他的俊美,敬重他的德行,这位路德教教徒情不自禁地认为他家福星高照,他想的和《圣经》上说的完全一致。在饭桌上,他有时静心默想,回顾一生时自鸣得意,感慨万端地悟出:"我的孩子们,一生清白而毋庸自责是多么好啊!"他热情奔放,道貌岸然,高傲自尊,追求高尚。其实这一切掩盖着一种畏缩不前的个性。这种个性的形成和他的宗教信仰有关,和他生活的时代有关,和教育界,

---

① 赫西奥德,公元前八世纪末至前七世纪初的古希腊诗人。长诗《工作与日》是他的代表作,谴责贵族的骄横,歌颂农业劳动,介绍了不少农事知识。
② 荷马(约公元前九至前八世纪),古希腊行吟诗人。关于荷马是否确有其人,其生存年代、出生地点以及两部史诗《伊利亚特》和《奥德赛》的形成,争论很多,构成欧洲文学史上的所谓"荷马问题"。
③ 阿那托尔·法朗士(1844—1924),法国小说家,以文笔俏皮含蓄著称。
④ 库特林纳(1858—1929),法国作家、戏剧家,善于塑造滑稽可笑的人物。

即他的社会环境有关。正因为如此,他暗暗厌恶他那些藏书的作者们,这些著书立说的大名人全是无恶不作的坏蛋,他内心认为他们的书简直不像话。而我却搞错了,把这种表面上热情推荐而实际上持保留态度看做是鉴赏家的严峻;他神圣的职业使他凌驾于这些大名人之上。不管怎么说,这位祭司向我提示,天才无非是一种借贷:要想称得上天才,必须吃得苦中苦,必须谦虚地、坚定地经受千锤百炼。这样下去,你就会听到有神圣的声音为你启示,而你只需挥笔直书。

从俄国第一次革命到第一次世界大战年间,在马拉梅①死了十五年之后,正当达尼埃尔·德·丰塔南发现《地粮》②的时候,一个十九世纪的人向他的外孙灌输路易-菲力普时代流行的思想。有人这样解释农民守旧心理的起因:父亲下地干活,把儿子交给祖父祖母照管。这样,我起步时就比别人的思想落后八十年。我该抱怨吗?不知道,反正在我们社会的演变中有时后退意味着前进。不管怎么说,外祖父把这根硬骨头扔给我啃,我居然啃得那么干净,以致能从骨头缝里看人生。原先外祖父暗暗地想通过这些作品来使我讨厌其作者。但他得到了相反的结果:我把才华和功德混为一谈。这些正直的作者很像我:当我挺乖的时候,当我勇敢地忍着疼不哭的时候,我有权得到赞扬,得到奖赏,这就是所谓的童心。夏尔·施韦泽给我看这些人写的书,他们像我一样受到监视,经受考验,得到奖赏,但他们善于一辈子保持我这个年龄的童

---

① 马拉梅(1842—1898),法国诗人。初期属于巴那斯派,后来成为象征派的代表人物之一。
② 《地粮》是法国作家安德烈·纪德(1869—1951)的早期代表作。此处指纪德出名的年代。

心。由于我没有兄弟姐妹,又没有伙伴,便把他们当作我最早的朋友。他们深深地爱过,吃过大苦,好似他们小说中的主人公;尤其是他们的结局都很好。我想起他们的苦恼时总怀着一种兴奋的同情:每当他们感到苦恼时,很快就会为苦尽甘来而高兴的;他们心想:"好运气!美丽的诗篇马上要诞生了!"

在我看来,作者们并没有死,反正没有完全死,他们变成了书罢了。高乃依,他是一个红脸大块头,粗里粗气,硬皮封面散发出糨糊味儿。这位言语难懂、臃肿而严肃的人物身上长着角,我搬动他的时候,他的角把我的大腿刺伤了。但他刚被打开,就向我奉献他的版画,色彩暗淡,线条柔和,好似在给我讲知心话。福楼拜,他是裱在布上的小个儿,无香无臭,但布满了雀斑。维克多·雨果,一人数身,书柜的各个阁板上都有他。以上说的是躯体。至于灵魂嘛,灵魂经常出没于著作之中:书页好比窗户,窗外有一张脸贴在玻璃上,有人在窥伺我,但我假装没看见,在已故夏多布里昂①的凝视下,继续读我的书,双眼盯着书中的文字。不过,这种提心吊胆的时间并不长,一般我很喜欢跟我玩的这些伙伴。我把他们置于凌驾一切的地位。听说查理五世替提香捡画笔时②,我毫不惊讶,这并不怎么困难嘛!一个君王干这种事儿挺合适。不过,我对他们并不肃然起敬:为什么要颂扬他们的伟大呢?他们只是尽职而已。但我指责所有其他的人渺小。总之,我对一切

---

① 夏多布里昂(1768—1848),法国作家,浪漫主义的主要代表之一。他在书中的照片多为头发蓬乱,目光直视,炯炯有神,严肃而带几分凶相。
② 查理五世(1500—1558),先后为德国皇帝(1519—1556),荷兰亲王(1516—1555),西班牙国王和西西里岛亲王(1516—1556)。提香(1490—1576),意大利文艺复兴盛期威尼斯派画家。他为查理五世画过像。一五三三年查理五世封他为皇室画师。

的理解都是颠倒的,我把例外当作规律:人类是一个很有限的小聚会,周围生活着多情的动物。

我不可能非常看重作家,因为外祖父待他们太坏了。自从维克多·雨果死了之后,他停止看书;后来实在无事可做,他又读起书来。不过,他的职务是翻译。这位《德语读本》的编者内心真实的意图是把世界文学当作他的教材。他一张口,就按价值排列作家,这种表面上的等级编排掩盖不住功利主义的偏爱:莫泊桑的作品给德国学生作法译德的练习最合适;歌德的身价要比戈特弗里德·凯勒①高出一大截,他的作品用来作德译法的练习无与伦比。外祖父,作为人文学者,对小说不太重视;但作为教师,对小说赏识备至,因为小说的词汇丰富,到头来他觉得只有作品片断选最可接受。几年之后我看到他津津有味地欣赏《包法利夫人》的一个片断,这是他从米罗诺选编的《读本》中摘取的,而福楼拜全集已经待在那里二十年等着他赏脸。我感到他用死去的作家来谋生,这使我跟他们的关系复杂化:在崇拜他们的幌子下,他把他们穿在他的锁链里,少不了把他们切成一片一片的,这样从一种语言转到另一种语言比较方便。我发现作家们既荣耀也悲惨。最惨的要算梅里美,他只被用来当作中级班的教材,因此他身居两地:在书柜的第五层上,《高龙巴》②像一只纯洁的鸽子,张着一百个翅膀,被冷落,扔在一旁,一直无人问津,人家连瞧也不瞧一眼。但在书柜下面的阁板上,这位纯洁的少女被囚禁在一本很脏的小书里。小书黑不溜秋,臭味难闻,故事和语言

---

① 戈特弗里德·凯勒(1819—1890),瑞士作家,用德语写作。
② 《高龙巴》是梅里美的小说,法语高龙巴(Colombe)是鸽子的意思。

没有变化,只是加上德语注释和一份词汇表。另外,我还得知,这本书是柏林出版的,这可是自阿尔萨斯-洛林被强占之后最大的丑闻。这本书,外祖父一周往他的皮包里放两次。他用多了,书上布满了脏渍,划满了红杠,处处是香烟烧的洞。我很讨厌这本书:梅里美受到了侮辱。我只要打开它,就厌烦死了:但见每个音节拉得开开的①,就像外祖父在上课时一个音节一个音节念出来的样子。这些字母符号是在德国印刷的,为的是给德国人阅读。那么这些众所周知,但看上去不舒服的符号,除了是法国文字的拙劣仿制之外,还会是什么东西呢?这又是一起间谍案:只要抹去被打扮过的高卢文字,就只剩下虎视眈眈的日耳曼文字了。末了,我思忖是否存在两个"高龙巴",一个是不合群的,真的;另一个是教学用的,假的,就像存在过两个伊瑟②一样。

我的这些小伙伴们苦难重重,使我确信我是他们的同辈。虽说我没有他们的才华和价值,虽说我还没有打算写作,但我是教士的子孙,我生来就比他们强。毫无疑问,我是赋有天命的,但不是像他们那样命定要受尽折磨,因为这种使命总有点令人生厌,而是肩负某种圣职。我将像夏尔·施韦泽那样成为文化的哨兵。再说,我是活人,生龙活虎。当时我还不会把死人们剁成一段一段,但我可以随心所欲地折腾他们:把他们

---

① 教科书中的字印得较大,字母之间的空隙也较大。
② 典出叙事诗《特里斯当和伊瑟》:国王马克派侄儿特里斯当替他去爱尔兰向伊瑟求婚。伊瑟的母亲交给伊瑟一瓶春药,祝她跟国王马克永远相爱。但在横渡海峡时,伊瑟和特里斯当误饮了这瓶魔水,以致相爱不舍。马克和伊瑟的婚礼举行完毕,夜已来临,但在新婚的床上却躺着一个假伊瑟——忠实的女仆白兰仙做了替身。伊瑟和特里斯当继续相爱,最后以自杀告终。

抱在怀里,背着他们,把他们搁在地板上,把他们打开,又关上;把他们从虚无中抽出来,又重新塞到虚无中去。他们这些方方正正的人是我的玩偶,我很同情他们可怜的瘫痪相,而人们却把他们这种死后的继续存在称为不朽。外祖父热心鼓励我的放肆:所有的孩子都是有灵感的。孩子根本用不着羡慕诗人,因为诗人们都是十足的天真孩子。我对库特林纳入了迷,像他剧本中的人物那样追赶厨娘,一直追到厨房,然后向她高声朗诵《泰奥多找火柴》。家人对我的着迷觉得很有趣,关怀备至地促使我更迷恋,并想把它宣扬出去。有一天,外祖父漫不经心地对我说:"库特林纳大概是个好好先生。你既然这么喜欢他,为何不给他写信呢?"我写了信。夏尔·施韦泽把着我的笔,决定在我的信中留下好几个书写错误。几年前,报纸把我这封信发表了,重读时我很生气。我在信的最后写道:"您未来的朋友。"我当时觉得这非常自然,因为我亲近的熟人是伏尔泰和高乃依,一个活着的作家怎么会拒绝我的友谊呢?但库特林纳拒绝了。他做得很对,因为给施韦泽的外孙回信,实际是给他的外祖父回信。当时我们对他的沉默进行了严厉的批判,夏尔说:"我姑且认为他工作很忙。但即使忙得不可开交,也得给孩子回信啊。"

时至今日,放肆这个幼年时代的毛病在我身上依然存在。我把这些杰出的死者当作同窗伙伴相待,直言不讳地谈论波德莱尔和福楼拜。当人们为此指责我的时候,我总情不自禁想回答:"你们甭管我们的事,你们的天才作家已经属于我了。我曾把他们捧在手里,爱不释手而非常不敬地玩耍过哩。难道我对待他们还要注意方式方法吗?"后来我懂得,作为人,任何人的价值都是相同的,这才摆脱了卡尔的人文主义,即高级教士的人文主义。这种摆脱是令人伤心的,因为语言所引起的幻想破灭了。我旧时的同窗伙伴,耍笔杆的英雄被剥夺了特权,重新成为庶民,因此我两次为他们服丧。

我以上所写的是假的,也是真的,或者说,不真不假。人们写发疯的人也罢,写正常的人也罢,其写法都是这样。记忆所及,我尽可能准确地叙述事实,但在抒写的时候,对自己的谵语相信到什么程度呢?这是根本的问题,但这不是我所能解决的。后来我发现,别人能把握我们的情感的各个方面,但把握不住情感的力量,即情感的真诚程度。行为本身不能作为标准,除非人们已经证明这些行为不是表面的姿态,但这总不是很容易做到的。请看以下情况:在一些成年人当中,只有我一个小型成年人,我念的是成年人的读物。这已经很不自然了,因为这时我毕竟还是一个孩子。我不想硬说自己有什么过错,事情本是这样,仅此而已。尽管如此,我的探索和我的猎奇组成了家庭喜剧的一部分。人们对此兴高采烈,但我心中有数,是的,我心中有数。每天,一个神奇的孩子使他外祖父不再翻阅的难懂的作品恢复了生机。我的生活超过了我的年龄,如同有人的生活超过了自己的经济能力:我急功近利,不辞劳苦,代价很大,而这一切都是为了装点门面。我一推开书房的门,就仿佛投身到暮气沉沉的老人怀里:大写字桌,写字垫板,粉红吸墨水纸上红的和黑的墨迹,尺子,糨糊瓶,散发不出去的烟味儿;冬天还有蝾螈炉发出的红光,云母的噼啪声。这简直是物化了的卡尔本人。这足以使我感到荣幸,我便向书跑去。真心诚意吗?此话怎么讲?经过这么多年之后,我怎么能确定真才实学和哗众取宠之间难以觉察的和游移不定的界线呢？我俯卧在地板上,脸朝窗户,一本书在我面前打开着,右边放着一杯掺入少量红葡萄酒的水,左边一只盘子里放着涂果酱的面包片。即使离开众人的时候,我也在演出:安娜-玛丽,卡尔妈咪早在我出世以前就翻阅过这些书,在我面前展现的是他们的知识啊。晚上,他们问我:"你念了什么？学到什么了？"我知道他们要问的。我是产妇呵,要生产出一句孩儿话来对答。躲着大人们念书,是在感情上跟他们相通的最好办法。他们虽然不在场,但他们的目光将通过我的枕骨部位进入我的体内,再从我的瞳孔出来,箭一般射到书上。书上的句子已被念过无数次了,而我才第一次阅读。我被人看见,也看见自己,看见自己在念书,就像听见自己在说话。这么说,自从我识字前装模作样地辨读《一个中国人在中国的苦难》以来,我有了很大的变化喽？没有,其实只是演出的继续而已。在我的背后,房门打开了,他们来看我在干些什么。我弄虚作假:一骨碌爬了起来,把缪塞放回原处,立即踮着脚尖,举起胳膊,捧下沉甸甸的高乃依。他们根据我的体力消耗来判断我的爱好。我听见背后一个赞叹不已的声音轻轻地说:"他是多么喜爱高乃依啊！"其实我并不喜欢高乃依,因为他的亚历山大诗体使我很扫兴。幸亏出版商只全文出版高乃依最有名的悲剧,对他次要的剧本只印出剧名和分析性的剧情简介。但这反倒引起我的兴趣:"罗德林黛①是伦巴第国王贝塔里特的妻子,国王被格里莫阿德打败了,她在乌努尔夫的威逼下嫁给外国的亲王……"在勒·熙

---

① 罗德林黛,《贝塔里特》的主人公,这是高乃依一部不成功的悲剧,发表于一六五一年。

德和西拿之前,我先知道罗多居纳,泰奥多尔,阿热西拉斯①。我满嘴是声音铿锵的姓名,心里充满了崇高的情操,仔细地注意着不要把书中人物的亲缘关系搞错。家人还说:"这孩子求知欲很强,他竟在啃《拉鲁斯词典》呢!"随便他们说去,其实我并没有钻研,而是发现词典里有剧本和小说的简介,我非常乐意读这类东西。

为了讨人喜欢,我竭力想受到文化的熏陶:每天拜读圣经贤传。有时静静地匍匐在书前,翻几页,这也就够了。这些小伙伴的著作往往是我的转经筒②。与此同时,我实实在在地经历了恐惧和欢乐。有时竟忘记自己扮演的角色,拼命地疾驶起来,好像被一条狂怒的鲸鱼卷走了。其实这条鲸鱼不是别的,正是我们这个世界。请你们自己作结论吧!总之,我的目光在跟文字打交道,品尝着每个字,确定着每个字的内涵。久而久之,这种演戏似的学问培养了我的才智。

话说回来,我已开始了真正的阅读,那是在书房圣殿之外进行的,即在我们的房间里或在餐厅的桌子下面进行的。关于这些读物,我没有告诉过任何人;除母亲外,任何人也没有跟我谈起过。安娜-玛丽对我弄虚作假的行为十分重视,开诚布公地向妈咪讲了她的不安,外祖母成了她可靠的同盟者,说道:"夏尔胡闹,是他纵容孩子,我亲眼看到的。等这孩子身体垮了,我们算讨便宜啦!"两位妇女还讲到劳累过度和脑膜

---

① 均为高乃依相应的剧作《勒·熙德》《西拿》《罗多居纳》《泰奥多尔》《阿热西拉斯》中的主人公。
② 转经筒,藏传佛教徒祈祷用法物,形如桶,中贯以轴,其中装有纸印经文,上下两端固以轴承,周围刻六字真言,转动一周表示念诵六字真言一遍。

炎。要是用脑过度得了脑膜炎那将多危险啊。但正面袭击我外祖父是徒劳无益的,于是她们迂回作战。在一次散步的时候,安娜-玛丽好像很偶然地在一间书亭前站住。书亭位于圣米歇尔林荫路和苏弗洛街交叉角上。我看到了美妙的图画,画中耀眼的颜色强烈地吸引着我。我要求买这些画,立即就得到了。这下可上了瘾:每星期我都要买《唧唧叫》《了不起》《假期》,让·德拉伊尔的《三个童子军》以及每星期四以小册子出版的《绕地球飞行》①,这些都是阿尔诺·加洛班出版的。每两个星期四之间,我脑子里想的尽是安第斯山的雄鹰,铁拳拳击家马塞尔·杜诺,飞行员克里斯蒂安,却很少想到我的小伙伴拉伯雷和维尼②。母亲到处收罗能还我童年的读物。她首先找到了《粉红小书》,这是童话月刊,然后逐渐搞到《格兰特船长的儿女们》③,《最后一个莫希干人》④,《尼古拉斯·尼古尔贝》⑤,《拉瓦雷德的五个苏》⑥。儒勒·凡尔纳过于沉着冷静,我更喜欢保尔·迪瓦写的异想天开的故事。但赫哲勒丛书的作品,不管作者是谁,我都非常喜欢。这是一些小小的

---

① 《唧唧叫》《了不起》《假期》《三个童子军》《绕地球飞行》等五种画报和杂志均为当时的儿童读物。
② 维尼(1797—1863),法国作家、诗人。
③ 《格兰特船长的儿女们》,法国作家儒勒·凡尔纳(1828—1905)的小说,发表于一八六七至一八六八年。
④ 《最后一个莫希干人》,美国小说家詹姆斯·库柏(1789—1851)的小说,发表于一八二六年。莫希干人是过去住在美国纽约州北部的印第安人。
⑤ 《尼古拉斯·尼古尔贝》,英国作家狄更斯(1812—1870)的小说,发表于一八三八至一八三九年。
⑥ 《拉瓦雷德的五个苏》,法国作家保尔·迪瓦(1856—1915)的小说,发表于一八九四年。

舞台,金色流苏的红封面好似幕布,照在侧面的阳光宛如成排的脚灯。多亏了这些魔盒——而不是夏多布里昂排列整齐的诗句——我初次领略了美。每当我打开这些方方正正的盒子,便忘记了一切。我是在念书吗?不是,简直是陶醉:我消失了,继而出现的是手持标枪的土著人,荆棘丛林,一个头戴白盔的探险者。我显圣了,用灿烂的光轮照亮了阿乌达美丽而忧郁的双颊和费莱阿斯·福格的颊髯。美妙的小阿乌达脱颖而出,真的成了奇迹,令人赞叹不已。在这些五十厘米的舞台上出现了十全十美的幸福,没有主子和颈圈①的幸福。我认识的这个新世界乍一看好像比我熟悉的旧世界更令人不安,在这个世界里,人们抢劫,杀戮,血流成河。印第安人,印度人,莫希干人,霍屯督人劫持姑娘,捆绑姑娘的父亲,发誓要让他死在最残忍的折磨之下。这是十足的恶。但很快,恶就在善的面前俯首帖耳地投降了。下一章,一切又都恢复正常。勇敢的白人把野蛮人杀了个落花流水,割断捆绑那位父亲的绳索,终于使父亲与女儿拥抱团聚。只有坏人才死,也死几个很次要的好人,算是为故事所付出的代价。再说死的样子并不可怕:双臂成十字倒下,左胸下侧有一个小小的圆窟窿;如果在枪还没有发明的时代,那么,有罪过的人就"死在剑下"。我很喜欢那个漂亮的姿势,想象着刀光剑影,剑刺入胸膛,如同切入黄油,剑头从不法之徒的背部出来,他瘫倒在地上,却没有流出一滴血。有时人死得离奇可笑,譬如《罗兰的教女》中的那个撒拉逊人。他骑着战马直冲到一个十字军骑士的马上,骑士狠狠朝他脑袋正中砍了一马刀,活生生把他自上而下

---

① 指牲畜的颈圈或奴隶的锁链。

劈成两半。居斯塔夫·多雷①的一幅插图,生动地再现了这个场面。多么有趣啊!两个半拉躯体往两边分开,倒下去,在马镫周围构成两个半圆形,战马受惊,直立起来。有好几年,我一看到这幅木刻画,就情不自禁地笑得流眼泪。结果我悟出:敌人虽然可恨,但毕竟是无害的,因为敌人的阴谋计划总不能得逞。尽管敌人诡计多端,不遗余力,到头来仍然是善的事业得益。我发现,每当秩序恢复,随之而来的就是晋升,英雄们受奖赏,得到高官显爵,受到尊敬,获得金钱。由于他们英勇奋战,一片土地被征服了,一件艺术品从土著人手中骗来,运送到我们的博物馆里。姑娘热恋着救她性命的探险家,最后以有情人结为眷属告终。这些画报书籍培育了我内心深处的幻影:乐观主义。

　　这些读物我很长时间都是偷着看的。甚至用不着安娜-玛丽提醒,我心里就明白这是些不登大雅之堂的东西,因此对外祖父闭口不提。即使我腐化堕落,放荡不羁,出没妓院,也不会忘记真正的我应该留在圣殿里。何必为一时误读一点不正经的书而惊动外祖父呢?但卡尔最后还是抓住了我,他对两位妇人大发雷霆。她们趁他喘息的片刻,把一切责任都推到我的身上:我见到画报和探险小说,垂涎三尺,死皮赖脸要买,她们能拒绝吗?这个巧妙的谎言把我外祖父难住了。是我,是我一个人勾搭浓妆艳抹的淫荡女人,欺骗了"高龙巴"。我,先知先觉的神童,小预言家,纯文学的埃利亚桑②,骨子里则下流至极。

----

① 居斯塔夫·多雷(1832—1883),法国绘画家、木刻家、雕刻家。
② 埃利亚桑,即拉辛(1639—1699)的剧本《阿塔莉》中的人物。王子埃利亚桑被长老若亚德从他继母阿塔莉的屠刀下救出,藏在庙宇内。他长大成人后,在长老们的协助下,成为犹太人的国王,最后处死了阿塔莉。

任他选择吧,要么我不再预言,要么他得尊重我的癖好,并且不要追根究底。夏尔·施韦泽,倘若是父亲,大概会点一把火将这些东西烧个精光。可他是外祖父,他只能好不伤心地宽大为怀,我也就知足了。我继续安静地过着双重生活,直至今日,从未间断过。我更愿意念《祸不单行》①,而不乐意读维特根斯坦②。

在我的空中孤岛上,我是首屈一指的,无与伦比的。但一旦把我置于庶民之中,我就一落千丈,降为最后一名。

外祖父决定让我到蒙田公立中学③注册入学。一天早上,他带我去见校长,并向他吹嘘我的聪明才智。我只有一个缺点,那就是智力大大超过了年龄。校长是个通情达理、有求必应的人。我直接上了八年级,心想这下可以跟我年龄相仿的孩子们在一起了。然而,事与愿违,经过第一次听写之后,我外祖父立即被校方找去。他回来的时候气急败坏,怒不可遏,从皮包里取出一张胡乱涂写、墨迹斑斑的纸,往桌子上一扔,这便是我交的听写作业。校方请他注意看我的书写,仅"野兔喜欢百里香"一句,没有一个字写对的,因此校方竭力使他明白:我应该上十年级预备班。母亲看到我的"野兔",禁不住大笑起来,外祖父狠狠瞪了她一眼才制止了她的笑声。于是他责怪我故意不肯好好写。这是我一生中第一次受到他的训斥,然后他宣布人们低估了我,第二天他就让我退学,并

---

① 《祸不单行》,法国一套侦探小说丛书名。
② 维特根斯坦(1889—1951),奥地利哲学家、逻辑学家,后加入英国籍。在数理逻辑方面,特别在真值表和真值函项等理论方面有过贡献。
③ 蒙田公立中学属中小学十年一贯制的学校。

跟校长闹翻了。

我当时不明白是怎么回事,反正我的失败并不使我伤心:我是神童,仅仅不会书写而已。再说,我对离群索居并不感到厌烦,更喜欢继续干我的坏事。我甚至失去了改邪归正的机会:外祖父请了一名巴黎小学教员给我私人授课,他几乎每天都来。外祖父专门给我买了一套小办公桌椅:一张木制的书桌和一张长椅。我坐在长椅上,李埃凡先生来回走着给我听写。他长得很像樊尚·阿里奥尔①。外祖父说他是共济会会员。他以正派人接近鸡奸者时那种既害怕又厌恶的心情对我们说:"每当我向他问好时,他就用拇指在我的手心里画共济会的三角②。"我很讨厌他,因为他忘了疼爱我:我想他把我看作学业上落后的孩子,其实这并非没有道理。他后来消失了,不知道为什么。也许他对谁说了我的坏话吧。

我们在阿卡雄住过一段时间,我上了市镇小学。外祖父出于他的民主原则才让我上这样的小学,但他要求校方把我跟群氓子弟隔开。他把我托付给小学教师时说:"亲爱的同行,我把我最珍贵的宝贝很信任地托付给您。"巴罗先生留着山羊胡子,戴着夹鼻眼镜。他来我们别墅喝过麝香葡萄酒,声称得到一个中等教育委员会委员对他的信任感到十分荣幸。他让我坐在靠近讲台的一张专设的课桌前。在课间休息的时候,不让我离开他的身旁。这种特殊照顾在我看来是合情合理的。至于我的同学们,那些"老百姓的子弟",是怎么想的,

---

① 樊尚·阿里奥尔(1884—1966),法国政治家,曾任法兰西共和国总统(1947—1954)。
② 共济会会员俗称三点兄弟,他们书写时爱用缩写 F∴(单数),FF∴(复数),把三点连起来则成为三角,作他们的代号。

我不得而知,我想他们大概无所谓吧。他们吵吵闹闹,我厌烦透了。在他们玩杠子的时候,我待在巴罗先生身旁无所事事,感到十分高雅。

我有两条尊重我的小学教师的理由,一是他要我好,二是他出气很粗。成年人应当长得很丑,满脸皱纹,惹人讨厌。当他们把我抱在怀里的时候,我虽感到有点厌恶,却满乐意克服这点厌恶情绪。这证明德行不是轻而易举得来的。我也有纯朴平淡的乐事:跑跑,跳跳,吃糕点,抱吻我母亲细嫩喷香的皮肤,但我更重视跟成年人混在一起时所感到的那种费劲的快乐。对我来说,成年人的威信与他们引起的反感是不可分的,我认为令人厌恶就是认真精神的体现。我冒充高雅的人。当巴罗先生俯身对着我的时候,他的呼吸使我感到既难受又美滋滋的。我做出巴结他的样子,吸着这位德行齐全者令人不快的气味。一天我发现学校墙上写着一条标语,走近一瞧,上面写着:"巴罗老头是个狗屁。"我大惊失色、呆若木鸡地站着,心跳得几乎炸裂,害怕极了。"狗屁",这是多么丑恶的字眼啊!这是麇集在下等词汇中的肮脏字眼。一个有教养的孩子不能与之打交道;这个短小而粗鲁的字眼像蛆虫那样面目可憎,看一眼就够叫人恶心的了。我决不肯念出声来,哪怕轻声念也不行。这个被钉在墙上的蟑螂,我不愿意它跳到我嘴里,化成黑色肉酱,咕噜咕噜地钻到我喉咙底下去。如果我装作看不见,它也许会钻进墙洞里去吧。于是乎,我把目光移开,却看到非常下贱的称呼:"巴罗老头"。这更使我惊恐不已,不管怎么说,"狗屁"一词,我只有一个模糊的概念。但我清楚地知道,在我们家,管人叫"某某老头",指的是园丁,邮差,或女用人的父亲,总之是穷苦的老年人。有人竟把我外祖父的同行,小学教师巴罗先生,看成是穷老头。准是有人头脑里盘旋着这个错乱的、罪恶的想法。在谁的脑子里呢?也许在我的脑瓜里吧。念了亵渎神明的标语不就足以成为渎圣者的同谋吗?我好像觉得有个疯子在嘲笑我的礼貌,嘲笑我对别人的尊敬,嘲笑我的热忱,嘲笑我每天早晨脱帽问候"您好,老师!"时所感到的快乐。同时又觉得这个疯子便是我自己。肮脏的字眼和肮脏的思想充塞了我的脑袋,譬如说,有什么东西能阻止我放声大喊"这个老畜生臭得像头猪"呢?于是我轻轻地说道:"巴罗老头真臭!"这一下,一切都开始改变了:我哭着逃开。第二天我恢复了对巴罗先生的尊敬,对他的硬领和蝴蝶领结肃然起敬。但当他俯身看我的作业本时,我把头转过去,屏住了呼吸。

第二年秋天,母亲主张领我上布蓬私立小学。每天得爬木头楼梯,进入二楼的一间教室。孩子们成半圆形集合在一起,静悄悄的;教室后面,母亲们一本正经地靠墙坐着监督老师。教我们的那些可怜的姑娘,首要的义务,是给我们这些神童平均分配赞美词和好分数。如果她们之中有谁稍微表示不耐烦或对一个好的回答表示过分的满意,布蓬小姐们就会失去学生,而这位教师就会丢掉饭碗。我们足足有三十个神童,但似乎从来没有时间互相搭话。一下课,每个母亲便粗暴地把自己的孩子拽走,匆匆离去,从不打招呼。上了一个学期,母亲让我退学了,因为学不到东西。再说每次轮到表扬我的时候,她邻座的女人们眼睛都逼视着她,让她厌烦透了。玛丽-路易丝小姐是个金发姑娘,戴着夹鼻眼镜,在布蓬小学一天教八节课,但工资少得可怜,不够度日。她同意到家里来给我个别授课,当然是瞒着学校领导干的。她有时中止听写,深深叹几口气,以便减轻一点心头的重压。她对我说,她厌倦死了,她的生活孤独得可怕,要是有个丈夫,她愿意牺牲一切,什么样的丈夫都行。可她最后也被打发走了,硬说她什么也没有教会我。我猜想,主要因为我外祖父觉得她晦气。这个正直的人不拒绝减轻不幸者的痛苦,但讨厌把他们请到家里。而且他做得很及时,玛丽-路易丝小姐已经开始使我气馁了。我满以为工资是与功绩相称的,那么既然人们对我说她值得称赞,为什么付给她的钱那么少呢?只要有个职业,人们便是可敬的、自豪的,人们为劳动而感到幸福。那么她既然有机会一天工作八小时,为什么谈起自己的生活时直诉苦,好似得了不治之症呢?当我谈到她的苦衷时,外祖父便哈哈大笑,说是她长得太丑,没有哪个男人要她。我可不笑,难道有人生下来就注定倒霉吗?如果是这样,人们以前对我撒了谎。事实上,世界不是一切皆有秩序,而是表面的秩序掩盖着不可容忍的混乱。如果有人及时把这层表面的秩序挑开,我的苦恼早就烟消云散了。夏尔·施韦泽后来给我请了一些比较得体的教师,太得体了,以致我把他们忘得一干二净。直到十岁,我单独一人跟一个老头和两个女人待在一起。

我的为人,我的性格,我的名字都是成年人决定的。我学会通过他们的眼睛来观察自己。我是一个孩子,就是说一个他们带着自己的悔恨所创造的怪物。即使他们不在我的跟前,他们依然在看着我,他们的目光和日光交织在一起,我每跑一步,每跳一下,都遵循着他们用目光所规定的模范孩子的标准,并继续由他们的目光来确定我的玩具和天地。在我漂亮而清澈的小脑袋里,在我的心灵深处,我的思想在转动,但无一不受到他们的牵制，连一点躲藏的地方也没有。然而在天真烂漫的外表下却融入了一种难以言传，没有固定形状和确切内容的信念。这种信念搅乱了一切。我成了一个伪善者。不学习别人演戏，自己怎么演得出来？我这个人，辉煌的外表一戳就穿，这是因为我生来有缺陷，我既不能完全理解又无时无刻不感到它的存在。为了弥补这个缺陷，我便求助于成年人。我要求他们确保我的价值，结果我在虚伪中越陷越深。既然必须讨人喜欢，我便做出一副讨人喜欢的样子，不过维持不了一会儿。我到处装作天真烂漫和神气活现的闲散模样，窥伺着良机。每当我以为抓住了良机，便摆出一副姿态，但总觉得这种姿态靠不住，而这正是我想避免的。

外祖父在打盹儿，身上裹着花格子毛毯。我瞥见在他乱蓬蓬的胡子里藏着赤裸裸的粉红双唇，颇令人难堪。幸亏他的眼镜滑了下来，我赶紧跑过去捡。他惊醒了，把我抱在怀里，于是我们演出了一场动人的天伦之爱，但这已不再是我所追求的了。那么我欲求什么呢？我完全记不起来了，也许我想在他乱蓬蓬的胡子里做窝哪。我走进厨房，宣布我要拌生菜，于是我听见一片欢呼声，欣喜若狂的笑声："不，小乖乖，不是这样！把你的小手捏得紧紧的。啊，对啦！玛丽，帮他一下！你们瞧瞧，他搅拌得多好啊！"我是一个做假的孩子，拎住生菜篮拌生菜只是做做样子，但我感到我的动作已变成了丰功伟绩。演喜剧使我避开了世界和大众，我只看到角色和小道具；我小丑般地博取成年人的欢心，怎么可能把他们的忧虑当回事呢？我真挚而急切地听凭他们摆布，以致对他们的意图毫不理会。对大众的需求我一无所知，对大众的希望我一窍不通，对大众的欢乐我漠不关心，却一味冷若冰霜地诱惑他们。他们是我的观众,一排脚灯把我和他们隔开,使我孤傲至极,但这种孤傲很快变成了焦虑。

糟糕的是,我怀疑成年人在跟我演戏。他们对我说的话似糖果般的甜蜜,而他们之间说话时则完全用另一种语调。不过有时他们也打破神圣的默契。譬如,我撅着嘴装出最可爱的样子。这是我拿手的动作,但他们用真嗓门儿对我说:"一边玩去吧,小乖乖,我们在谈话呢。"还有几次我觉得他们在利用我。譬如,母亲带我去卢森堡公园,跟家里闹翻了的爱弥尔舅舅突然出现在我们跟前。他神情忧郁地望着他妹妹,冷冰冰地说:"我来这里不是为了你,而是想看看小宝贝。"他说,我是家中唯一纯洁的人,只有我没有故意伤害过他,没有听信闲言碎语谴责过他。我笑了,很不好意思自己有那么大的威力,居然能在这位郁郁寡欢的人心田里点燃起爱的火焰。但很快兄妹俩议论开他们的正经事,互相一一列举自己的冤屈。爱弥尔抱怨夏尔,安娜-玛丽为夏尔辩护,但不时做些让步;后来他们谈起路易丝。我待在他们的铁椅子中间,被他们遗忘了。

外祖父是一位左派老人,他却以自己的行为给我传授右派的格言:真情实况和无稽之谈是一码事;扮演激情就能感受激情;人是有礼仪的生物。如果我当时已经到了懂这些格言的年龄,随时都可能加以接受。人们让我相信,我们生下来就是为了演滑稽剧,互相引逗发笑。我乐意当喜剧演员,但要求当喜剧的主要角色。然而在关键时刻,我却无影无踪了。我发现我在喜剧中扮演的是一个"假主角"。我有台词,也经常出场,但没有"自己的"戏。一言以蔽之,我陪成年人排练台词。夏尔恭维我,为的是逃避他的死神。我欢蹦乱跳,使路易丝感到赌气有理,而使安娜-玛丽感到处于卑贱地位是天经地义的。没有我的话,她的父母照样会很好地收养她,她也用不着对妈咪战战兢兢;没有我的话,路易丝照样能发牢骚;没有我的话,夏尔照样可以对着阿尔卑斯山脉的塞万峰,对着流星,对着别人的孩子赞叹不已。我只是他们不和或和好的偶然因素,其深刻的原因在别处:在马孔,在贡斯巴赫,在蒂维埃,在一颗生垢的年迈的心里,在我出生以前遥远的过去。我为他们体现家庭的团结和原有的矛盾,他们运用我非凡的童年使他们各得其所。我十分苦恼,因为他们的礼仪使我确信,没有无故存在的事物,事必有因,从最大的到最小的,在宇宙中人人都有他自己的位置。当我确信这一点时,我自己存在的理由则站不住脚了。我突然发现我无足轻重,为自己如此不合情理地出现在这个有秩序的世界上感到羞耻。

我父亲本来可以给我打下几个永不磨灭的烙印,可以把他的性格变成我的道德准则,把他的无知变成我的知识,把他的积怨变成我的自尊,把他的癖好变成我的法律,使我一辈子带着他的影响。这位可敬的过客本应该给我灌输自尊,有了自尊,我便可以确立生活的权利。生我者本可以决定我的未来:如果我一生下来就决定让我将来进综合理工学院,那么我便一世有保障,无忧无虑。即使让-巴蒂斯特·萨特知道我的归宿,他也已经把这个秘密带到西天去了。我母亲只记得他说过:"我的儿子将来不要进海军。"由于没有更明确的指示,从我开始,没有人知道我来到世上干什么。如果我父亲给我留下了财产,我的童年就会大变样,我就不写作了,会变成另一种人。地产和房产给年轻的继承人照出他自己稳定的形象。他走在他的砾石路上,触到他的阳台的菱形窗玻璃,仿佛实实在在地接触到他自己,他把财产的稳定不动变成他灵魂的长存不朽。几天前,在一家饭馆里,老板的儿子,七岁的小男孩,对女出纳嚷嚷:"我父亲不在的时候,我就是主人。"好一个大丈夫!在他这个年龄,我不是任何人的主人,没有任何属于我的东西。我稍微胡闹一下,母亲便轻声在我耳边说:"当心点!我们可不在自己家啊!"我们从来都不在自己家呵,住在勒戈夫街的时候是这样,后来我母亲改嫁后依然是这样。我并不感到痛苦,因为人家把一切的一切都借给了我,使我始终悬在空中。这个世界的财富反映着所有者的本质,而我什么也没有,所以我什么也不是:我既不稳定又不持久。我不是父业未来的继承人,钢铁生产不需要我。总而言之,我没有灵魂。

倘若我跟我的躯体相处融洽,那就十全十美了。然而,躯体与我,我们结成了奇特的一对。穷苦人家的孩子不问自己是谁,他的身体受到贫困和疾病的折磨,得不到合理解释的境遇反倒证明他的存在是有理由的,因为饥饿和随时可能死亡的危险确立了他生存的权利:他为不死而活着。而我,我既不富也不穷,既不能自认为是天生的幸运儿,也不能把我的种种欲望看成是生活的需求。我只是尽消耗食物的义务而已。上苍有时(难得)恩赐我好胃口(不厌食)。我没精打采地呼吸着,懒懒散散地消化着,随随便便地排泄着。我生活着,因为我已经开始生活了。我的躯体,这个好吃懒做的伙伴,从来没有粗暴和野蛮的表现,只有过一连串轻微的不舒适,是一种娇气。但这正是成年人所希望的。那个时代,一个高贵的家庭至少必须有一个娇滴滴的孩子,我正好是这样的孩子,因为我生下来就想着要死。人们观察我,给我摸脉,给我量体温,强迫我伸出舌头。"你不觉得他脸色不太好吗？""这是灯光照的缘故。""我向你肯定他瘦了！""不，爸爸，我们昨天还给他称过体重哪。"在他们讯问的眼光下，我感到我变成了一件东西，一盆花。末了，他们把我塞到被窝里，里面热得使我呼吸都感到困难。我把躯体和身上不舒服混为一谈，两者之间，我不知道哪一个叫人讨厌。

西蒙诺先生是我外祖父的合作者，每星期四跟我们一起吃中午饭。我很羡慕这个四十来岁的人。他有姑娘般的面颊，小胡子油油亮亮的，头发染得很漂亮。为了不使谈话冷场，安娜-玛丽问他是否喜欢巴赫，是否喜欢海和山，是否觉得故乡难忘，他总是不慌不忙地先思考一下，在内心的情趣花坛里寻找一番。等找到所要求的答案之后，就用很客观的声调向我母亲叙述，一边向她点头致意。多么幸运的人啊！我想，每天早晨他醒来的时候，准是满心喜悦，犹如站在高山之巅清点着属于他的山峰，山脊和山谷，然后舒坦地伸伸懒腰说道："这正是我，完完全全的西蒙诺先生。"当然，别人问我时，我也很能高谈阔论一番我的爱好，甚至讲得有声有色，使人确信无疑。但我孤独一人的时候，就束手无策了，根本认不准我到底爱好什么。我的爱好需要确定，需要推动，需要注入生气。我甚至没有把握到底喜欢烤牛里脊还是喜欢烤小牛肉。要是我也有突出的面貌，有悬崖峭壁般的率直品行，我愿意奉献一切。皮卡尔夫人非常得体地用时髦的词汇谈起我的外祖父，她说："夏尔是个出类拔萃的人。"或者说："他是不可多得的。"听到此话，我感到自己毫无希望了。卢森堡公园的小石子，西蒙诺先生，栗子树，卡尔妈咪，都是有生命的存在，我却不是。我既无惯性,又无深度,更无不可捉摸性。我是白纸一张,永远是透明的。自从我听说西蒙诺先生,这个硬如铁板的塑像式人物,居然还是世界上不可缺少的一位时,我妒火中烧,心里说不出的难受。

这天是节日,实用语言学院里人很多,在奥埃尔煤气灯晃动的火光下,我母亲演奏肖邦的乐曲,人们不时鼓掌。大家奉我外祖父的命令,一律讲法语,他们讲法语时调子慢腾腾,喉音很重,夹着过时的优雅词句,带着清唱剧夸张的口气。人们搂抱我,我从一个人的手里飞到另一个人的手里,脚不着地。这时外祖父坐在最高荣誉的席位上庄严宣布:"今天这里缺少一个人物,他就是西蒙诺。"我心里受到极大的震动,紧紧贴在一个德国女小说家的怀里,又从她的怀里脱身出来,躲到一个角落里。顿时仿佛客人们消失了。我看到在一片嘈杂声中屹立着一根擎天柱:西蒙诺先生,无血无肉的西蒙诺先生。他的缺席奇迹般地美化了他。全院师生远未到齐。有些学生病了,有的人借故不来,但这些人不来无关紧要,不足挂齿。唯独西蒙诺先生不在要大书特书。只要提到他的名字,这间坐满了人的屋子犹如挨了一刀,出现了一个空缺。我惊叹至极,一个人居然有既定的地位,他的地位。大家的等待形成了一个无形的东西,一个看不见的肚子,突然之间,他好像能从这个肚子里再生出来。不过,要是他真的在一片欢呼声中从地底下钻了出来,甚至夫人们纷纷拜倒在他面前,吻他的手,我也许会从醉醺醺中清醒过来:肉体的出现总是多余的。作为童男,其本身必定是纯而又纯的,保持着一尘不染的透明性。既然命中注定我每时每刻处在某些人中间,在地球的某个地方,并且知道自己是多余的,我多么想使所有其他地方的人都想念我,如同水、面包、空气那样使他们感到不可缺少。

　　这个愿望每天都挂在我的嘴上。夏尔·施韦泽认定世间一切事物的存在都是必要的,以便掩饰内心的焦虑。他活着的时候我觉察不到他有这种形而上学的焦虑,只是现在才有所感受。他的同行们个个顶天立地。在这些顶住天的阿特拉斯①巨神中,有语法学家,语史学家,语言学家,例如里昂-冈先生和《教育学杂志》的主编。外祖父谈起他们时总用教训人的口吻使我们明白他们的重要性:"里昂-冈很称职,法兰西学院应有他的一席地位。"或者,"舒雷尔老了,但希望不要傻头傻脑地让他退休,否则学院的损失将不可估量。"这些老人都是无法替代的。他们要是死亡,欧洲将服丧,甚至可能回到野蛮时代,而我周围都是这些老人。我心想,如果能听到一个奇迹般的声音宣布:"这个小萨特很称职,如果他死了,法国的损失将不可估量。"我愿意付出一切代价。出生在资产阶级家庭的儿童,视瞬息为永恒,就是说无所事事,而我却想马上成为一个顶天立地的阿特拉斯巨神,永生永世的阿特拉斯。我甚至不肯设想也许经过努力才可以变成阿特拉斯。我把它看成是我的权利。我需要有一个高级法院,下一道法令恢复我的权利。但到哪儿去找法官呢?我的家庭法官们由于他们蹩脚的表演已经身败名裂了,我拒绝他们的审判。但我找不着别的法官。

　　我是一条惊慌而发呆的害虫,无法无天,既无理智又无目标。我躲进了家庭喜剧里,在里面转圈、奔跑,从一场骗局转

---

① 阿特拉斯,希腊神话中的提坦巨人之一,曾反抗主神宙斯,攻打奥林波斯山,失败后被罚在世界极西处用头、手顶住天。

到另一场骗局。我闭眼不看自己不争气的躯体,闭口不谈软弱无力的知心话。我转啊转,如同陀螺转到一个障碍物上,停住了。我这个惊恐失色的小喜剧演员变成了一个呆头呆脑的小动物。母亲的好友们对她说我郁郁寡欢,发现我有时呆着出神。母亲把我抱在怀里,笑着对我说:"你一向高高兴兴,唱唱笑笑的!有什么不满意啊?你要什么有什么呀!"她说的是。一个被宠爱的孩子是不忧愁的。但他像国王一样无聊,像狗一样无聊。

我是一条狗,打呵欠,流眼泪,感觉到泪水滚滚而下。我是一棵树,风攀住我的枝杈,轻轻摇曳着。我是一只苍蝇,沿着一块窗玻璃往上爬,滚了下来,又往上爬。我有时感到蹉跎的时光抚摸着我,但更经常的是,我感到时光停滞不动。胆战心惊的时光凝滞了,把我吞没,不过时光虽则凝滞,还有一息尚存。有些人把这种死气沉沉的时光一扫而尽,有些人用新鲜的时光代替之,但一样的徒劳无功。然而,这种厌倦却被称为幸福。我母亲老对我说,我是小男孩中最幸福的。确确实实啊,我怎么能不信她的话呢?我从来没有想到被弃置不顾。首先我根本不知道存在这种说法,其次我也没有这个感觉,因为周围的人对我关怀备至。但这正是我生命的脉络,快乐的依托,思想的内容。

我见过死神。死神在我五岁的时候窥伺过我。晚上,她在阳台上徘徊,把她的丑脸贴在玻璃窗上。我见过她,但什么也没敢说。有一次在塞纳河畔伏尔泰路上我们遇见了她。这是一个又高又大的疯癫女人,上下一身黑。我经过的时候,她嘟嘟囔囔地说:"这个孩子,我要把他放到我的口袋里。"还有一次,死神以洞穴的形式出现,那是在阿卡雄。卡尔妈咪和我母亲带我去拜访杜邦夫人和她的儿子,作曲家加勃里埃尔。我在别墅的花园里玩,心里很害怕,因为人家告诉我说,加勃里埃尔病得厉害,快要死了。我学骑马玩,但不怎么起劲,只在房子周围蹦蹦跳跳。突然,我瞥见一个黑咕隆咚的窟窿:打开的地窖。我现在说不好,不知道当时怎么忽然感到特别孤独和恐怖,一阵眼花目眩,我转过身,大声叫喊着逃跑了。那个时期,我每天夜里在床上与死神相会,这已成了一种仪式:我必须朝左侧睡,脸向着床背后的过道。我战战兢兢地等着,她在我面前出现了,瘦骨嶙峋,手持长柄镰刀,完全是传统的死神形象;然后我获许翻身,朝右侧睡,等死神走后,我才安安稳稳睡觉。在大白天,死神乔装打扮,变化多样,但我认得出她。母亲一旦用法语唱《桤木之王》这支歌,我就赶紧塞住双耳;念了《酒鬼和他的妻子》,害得我六个月没有打开《拉封丹寓言》。死神这个臭女人,她倒无所谓,居然藏到梅里美的故事《伊尔的美神》里去了,正等着我读这篇故事,伺机跳出来掐我脖子哩。不过,葬礼和坟墓倒没有使我不安。大概在那个时期,我的萨特祖母病倒,死了。在她临死前,母亲和我接到电报,我们去了蒂维埃。人们不让我接近祖母漫长而不幸的生命寿终正寝的地方。为了不使我闲着,他们临时给我想出一些有教益的游戏,但统统沉浸在悲哀的气氛里,使人感到厌烦。我玩的时候,看书的时候,拼命想做出默哀的样子,但我什么感受也没有。当我们送殡到公墓的时候,我并没有动感情。人不在世反倒增添了光彩:去世不等于死亡,老太太只不过变成了盖墓石板而已。我觉得挺有意思:这里发生了蜕变,肉身一经蜕变,就永远存在了。总之,我感到自己好像堂而皇之地变成了西蒙诺先生。由此我一向喜欢,现在仍然喜欢意大利公墓:墓石是经过雕琢的,全然是巴洛克风格的塑像,墓碑上一个圆框镶着死者生前的一幅照片。我七岁的时候经常遇见逼真的无鼻死神,但从来没有在公墓遇见过。死神到底是什么?是一个人影或一场恫吓。人影的形象疯疯癫癫,恫吓的形式则是这样的:黑咕隆咚的大嘴随时都可能张口把我吞没,甚至在大白天,在最灿烂的阳光下。任何东西的背面都是阴森可怕的。当人失去理智的时候,会看到可怕的情景,死就是极度地失去理智和完全陷入恐怖之中。我经历过恐怖,其实就是患了真正的神经官能症。如果追根究底,事情大概是这样:我是备受溺爱的孩子,天赋很高,常常感到家庭仪式这种所谓不可缺少的东西是生造出来的,因而我的无用感就更加明显了。我觉得自己是多余的人,因此应该消失。我始终处于即将消亡前昙花一现的黯淡状态。换言之,我被判了死罪,随时都可以对我执行死刑。但我竭尽全力拒不服罪,并非我留恋我的生命,正相反,恰恰不留恋,只是生活越荒诞,死亡越痛苦。

　　上帝本可以把我从痛苦中解救出来,那样我就能成为画有十字的杰作了。一旦确信自己在宇宙大乐团中的地位,就会耐心等待上帝给我揭示他的意图和我存在的必要性。我揣测着宗教信仰,希望得到宗教信仰,这是救命良药啊。如果人们不让我有宗教信仰,我就自己创造出宗教信仰来。当然,人们没有拒绝,我受到信奉天主教的熏陶后,得知万能的上帝创造出我是为了他的荣耀,这已超过了我的奢望。但后来人们教我读谈论上帝的流行书籍,我从中认不出我的灵魂所期待的上帝:我所需要的是一个创世主,而得到的却是一个大老板。两者其实是一码事,但我原来不知道,所以我为虚伪的偶像服务并不很热心,并且官方的教义使我失去了寻求我自己信仰的兴趣。多么幸运啊!信赖和忧虑使我的灵魂成为播种宗教信仰的理想土壤:如果不发生上述这场误会,我有可能成为修道士哩。

大资产阶级在受到伏尔泰怀疑宗教的思想影响之后,孕育了抛弃基督教信仰的运动。这场缓慢的运动,进行了一个世纪才波及到社会的各个阶层,我的家也受到了影响。如果这种信仰没有普遍受到削弱,信奉天主教的外省小姐路易丝·吉尔明要嫁给一个路德教教徒可能还得多费一番周折。自然,我们家人人都信教,但这是出于谨慎。在孔布①内阁之后七八年间,公开不信教的人情绪激烈,言谈放肆。一个无神论者,就是一个怪人,一个愤世嫉俗的人,人们不敢请他吃晚饭,怕他"出言不逊"。他是一个狂热者,受到层层禁忌的包围。他拒绝在教堂里下跪,拒绝在教堂里嫁女儿,拒绝在教堂里哭哭啼啼。他立志以自己纯洁的品行来证明自己学说的真谛。他拼命折磨自己,不让自己幸福,至死得不到安慰。他虽到处宣扬没有上帝,却言必称上帝,其实这是一个上帝狂。简言之,这是一位有宗教信念的先生,而信教者则没有宗教信念。两千年来基督教经受了时间的考验,确立了自己的地位。基督教普及到每个人,人们希望在教士的目光中,在半明半暗的教堂里,看到基督教的信念闪闪发光,从而使他们的灵魂受到照耀,而谁也不需要对之身体力行。这是公共的遗产。上流社会相信上帝,为的是不理会上帝。看来,宗教是多么宽宏大量啊!宗教听凭你自己做主:基督教徒可以逃避望弥撒,但

---

① 爱弥尔·孔布(1835—1921),法国政治家。一九〇二年任内阁总理。

可以给他的孩子们举行宗教婚礼,可以取笑圣絮尔皮斯教堂的"迷信品",也可以在唱《罗恩格林婚礼进行曲》[①]时热泪滚滚。他不必在生活中做出榜样,也不需要在绝望中死去,更不会死后被焚化。在我们的环境中,在我的家庭里,宗教信仰只不过是为了享受法国甜蜜的自由时所用的冠冕堂皇的修饰词罢了。我像许许多多人一样接受洗礼,为的是保护我的独立;如果拒绝受洗,人们就担心我的灵魂会受到侵犯,一旦入了天主教,我便自由了,便是一个正常人。人们说:"至于将来么,他爱干什么就随他自己吧!"所以人们认为培养信仰比失去信仰要困难得多。

夏尔·施韦泽的喜剧演员气质太重了,他需要上帝这样一个伟大的观赏者。但除了在关键时刻,他并不想念上帝;他确信在死的时候能找到上帝,所以在生活中把上帝撇在一边。出于对我们失去的两个省的忠诚,加之为了表示他一直保持着反教皇主义的兄弟们的粗犷豪放,他私下里少不了一有机会就对天主教教义嘲笑一番。他在饭桌上说的话很像路德的言论。他总提起卢德[②],说什么贝纳黛特看见过"一个女人换衬衣",还说什么有人把一个瘫痪者扔到圣池里,等人家把他捞起来时,他已"两眼翻白"了。他讲述圣人拉勒尔的生活,说他满身长虱子;讲述圣女玛丽·亚拉科克的生活,说她用舌头舔病人的屎尿。这些瞎话帮了我的忙,因为我本来就比较倾向于超脱人世间的财富。何况我也没有任何财富,这种一无所有使我感到惬意,我不用费劲就能从中发现自己的使命,

---

① 理查·瓦格纳(1813—1883)的三场四幕歌剧《罗恩格林》中的歌曲。
② 卢德位于上比利牛斯省。圣女贝纳黛特(1844—1879)生于卢德。她的幻觉引起人们对卢德的朝圣,朝圣日期是四月十日。

因为神秘主义适用于流亡异乡的人,也适用于多余的孩子。为了把我投向神秘主义,本来只需要从另一个角度向我解释圣徒的行为就行了;我向来钦慕圣洁,很容易上钩。但外祖父一劳永逸地使我对圣洁失去兴致,通过他的眼睛我看到,圣人们醉心于他们疯疯癫癫的行为,这使我恶心。他们对躯体残忍的蔑视使我害怕。圣人们古怪的行为不比那个穿着无尾常礼服跳入海里的英国人更有意义。我外祖母听着这些故事,装出很生气的样子,说她丈夫是"异教徒"或"不信教的人",她拍拍他的手指以示警告。但她脸上挂着宽容的微笑,这使我彻底看破了她,她什么也不相信,只是由于怀疑一切,才使她没有成为无神论者。我母亲谨慎地抱着不介入的态度。她有"她自己的上帝",只求她的上帝悄悄地安慰她。一场辩论在我的脑子里进行着,但是已不太激烈;另一个我,即我的黑影兄弟,无精打采地否定了所有的信条。我既是天主教徒又是新教徒,把批判精神和顺从思想结合在一起。实际上,我好比当头挨了一棒,其结果不是教义的冲突,而是外祖父母对宗教的冷漠把我引向不信宗教。不过,我当时还信神:我穿着衬衣跪在床上,双手合掌,每天做着祈祷。但我想念上帝的次数越来越少了。

母亲每星期四领我到修道院院长迪比多斯办的学校去,我坐在陌生的孩子们中间听宗教教理课。外祖父早已先入为主地向我灌输他的思想,以致我把神甫看成是一些稀奇古怪的动物。虽然他们是我信奉的宗教的圣职人员,但他们比牧师更使我感到陌生,他们的道服和独身使我敬而远之。夏尔·施韦泽很敬重迪比多斯院长——一个有教养的人,很了解他的为人。但他如此公开地反教权主义,以致我跨进大门时,感到如临敌阵。至于我本人,我倒不讨厌教士。他们对我讲话的时候,总是和颜悦色,笑逐颜开,一脸聪明、慈祥的神情,他们有着无限深情的目光。这种目光,我在皮卡尔夫人和我母亲那些懂音乐的女友们眼睛里见到过,是我特别欣赏的。我外祖父则讨厌教士,并通过我表现出来,首先是他出主意,把我委托给他的朋友,那位修道院院长。但每星期四傍晚,我这个小天主教徒被带回到他身边的时候,他总不安地仔细打量我,在我的眼睛里寻找教皇主义在我身上所取得的进展,少不了要取笑一番。这种暧昧的状况维持不到六个月就结束了。一天,我交给老师一篇论耶稣受难的法语作文。这篇作文在家里备受赞扬,母亲还亲手抄写了一份,但在学校里只得了二等奖。这次失望非同小可,使我更不信宗教了。接着我生了一场病,加上放假,便没有回到迪比多斯学校去,开学的时候,我要求干脆不去算了。以后好多年,在公开场合我跟万能的上帝还保持着联系,但在私下里,我已停止和他打交道了。只有一次,我感觉到了上帝的存在。我玩火柴,烧着了一小块地毯。我正在掩盖我的重罪,突然上帝看到了我,我感到脑子里和手上都有上帝的目光,弄得我在浴室里团团转,我已暴露无遗,成了一个活靶子。但愤怒拯救了我,上帝如此粗鲁和冒失使我怒火万丈。我辱骂神明,像外祖父那样嘟囔:"什么上帝,去你妈的,真是活见鬼!"从此上帝再也不看我了。

我以上说的是使命未完成的故事。我需要上帝,人们把上帝给了我。我接待上帝时并没有意识到我正在找他。上帝没有在我心里扎根,只在我身上无声无息地待了一阵子,然后就死亡了。今天当人们跟我谈起上帝时,我毫无遗憾地打诨,用一个老风流重逢一个迟暮的美人做比喻:"五十年前,如果没有那场误会,如果没有那次误解,如果不发生那起使我们分离的意外事情,我们之间也许会发生点什么关系。"

但什么关系也没有发生。不过我的事情却越来越不妙。外祖父对我的长头发很恼火,向我母亲说:"这是一个男孩子,你想把他变成女孩子呀。我不愿意我的外孙变成一个没有男子气的人。"安娜-玛丽硬顶着。我想,敢情她乐意我真的是一个女孩子呢。要真的是这样,她那童年般的不幸日子会好过得多。但上天没有成全她,她便自作安排:把我打扮成天使的模样,看不出是男是女,外表上像女孩的样子。她温柔可亲,从她的言传身教,我学到了温存。再加上我的孤单,我变得很文静,躲着一切激烈的游戏。我七岁那年,一天外祖父忍不住了,抓着我的手说带我散步去。我们刚拐过街角,他便把我推进一家理发店,对我说:"我们将让你母亲意想不到地高兴一下。"我非常喜欢发生意想不到的事情。在我们家这类事情层出不穷。譬如,捉弄人的或好意的故弄玄虚,意想不到的礼物,戏剧性的新发现,接着是拥抱亲吻,凡此种种成了我们生活的基调。我的阑尾被切除的时候,母亲瞒着卡尔,怕他着急,其实他未必会焦急不安。我舅舅奥古斯特出钱付了手术费。我们从阿卡雄偷偷出来,躲进库勃瓦一家诊所。手术的第二天,奥古斯特来看我外祖父,对他说:"我向你报告一个好消息。"他说得郑重其事,但语调和蔼可亲。卡尔摸不着头脑:"你再娶了!"我舅舅微笑着回答:"不是,一切都很顺利。""什么一切都很顺利?"凡此种种,不一而足。总之,这类戏剧性的小事在我儿时生活中屡见不鲜。我亲切地望着我的环形鬈发串串沿着塞在我脖子上的白围巾滚落下来,掉在地板上,怪诞地躺着,失去了光泽。我理了短发,凯旋而归。

我听见的却是惊讶声,没有人来拥抱亲吻,母亲躲进自己的房间哭泣:人家用一个小男孩换走了她的小女儿。更为糟糕的是,我漂亮的鬈角鬈发原先一直在我的耳边翩翩起舞,在我母亲看来,这很能遮盖我丑陋的眼睛,当时我的右眼已经开始模糊了。她不得不承认现实,甚至外祖父也为此惊讶得目瞪口呆:人家好端端交给他一个漂亮的小宝贝,他还回来的却是一只癫蛤蟆,这使得他以后再也无法赞不绝口了。妈咪瞧着他,感到很有趣,只是说了声:"卡尔神气不起来了,他驼着背萎靡不振。"

安娜-玛丽出于好心向我瞒着她伤心的原因。到十二岁那年我强烈地感觉出来了。我很不自在,经常发现我家的朋友们向我投以忧虑或困惑的目光。我的观众越来越挑剔了。我不得不费尽心机,尽量演出拿手好戏,结果演得很不自然。我着实感受到一个衰老的女演员的痛苦,我发现别人倒能够讨人喜欢。曾经发生过的两件事情,我一直记忆犹新。

我九岁那年,一天下着雨,在努瓦塔布尔镇的旅馆里我们有十个孩子在一起玩,好像十只猫装在同一个袋子里,好不热闹。为了给我们找点事干干,外祖父同意给我们编写并导演一个有十个人物的爱国剧本。我们这一帮人中年龄最大的贝尔纳扮演斯特罗索夫老头。这是一个善良而性情粗暴的老人。我扮演一个年轻的阿尔萨斯人。剧情是:父亲选择去法国,我偷偷越过边境去找他。我外祖父为我精心安排了充满英雄气概的台词。我伸出右臂,低着头,把神圣的脸颊藏到自己的肩窝里,低声道白:"永别了,永别了,我们亲爱的阿尔萨斯。"在排演的时候,大家说我演得动人极了,我认为这种评价是很自然的。演出在花园里举行,舞台设在两排卫矛树丛和旅馆的墙之间,父母们坐在藤条椅子上观看。孩子们玩得开心极了,可谓欣喜若狂,只有我例外。我深信这出戏的成败掌握在我的手里。出于对共同事业的忠诚,我千方百计演得讨人喜欢。我认为所有的眼睛都在盯着我,但我太做作了。大家普遍认为贝尔纳演得最好,他不怎么过事渲染。我懂得这一点吗?演出结束,由他进行募捐。我悄悄跟在他后面,趁他不防,一把抓住他的假胡子,拽下来捏在我手里。这算得上头牌名角儿心血来潮的动作,想引起哄堂大笑。我感到十分得意,摇晃着战利品,欢蹦乱跳。但大家并没有笑。母亲抓住我的手,生气地把我拉得远远的。她很伤心地问我:"你怎么搞的?假胡子多么漂亮!大家一致称赞好看!"外祖母匆匆赶到,她转告我们刚听来的话:贝尔纳的母亲说我嫉妒了。"你瞧,这是爱出风头的好处!"我赶紧溜走,跑到我们的房间,站在带镜的衣橱前面,久久地做着鬼脸。

  皮卡尔夫人认为孩子什么书都可以读:"一本写得很好的书在任何情况下都是无害的。"以前当着她的面,我曾要求看《包法利夫人》,我母亲用她悦耳的嗓音说:"哦,如果我的小宝贝在他这个年龄就读这类书籍,赶明儿他长大了该怎么办呢!"——"我就照着做呗!"这句回嘴获得最真诚和最持久的赞扬。皮卡尔夫人每次来看望我们,必提起这件事。我母亲带着得意的责怪口吻喊道:"喔,布朗什!请您快别这么说,您要把他宠坏的。"我既喜欢又鄙视这个苍白肥胖的老女人。她是我最好的观众,听到通报她的到来,我感到精灵附身似的:我梦见她的裙子掉下来,看到了她的臀部,这算是对她的灵性表示敬意的一种方式吧。一九一五年十一月她送我一本红皮面的手册,切口是涂金的。那天外祖父不在家,我们待在他的工作室里,妇女们激动地谈论着。由于正在打仗,她们谈话的调子比一九一四年还低沉,一股黄黄的脏雾粘在窗户上,散发出熄灭的烟丝味儿。我把本子打开一看,非常失望,因为我希望这是一本小说,或短篇故事,原来是个记事手册,在五颜六色的纸上,同样的调查问题表有二十份之多。她对我说:"回答这些问题,让你的小朋友也来填写,将来都是你美好的回忆。"我认为这是给我一个机会显露奇才,我要立即大显身手。于是我在外祖父办公的地方坐下,把手册放在垫板吸墨纸上,拿起塑料杆的笔蘸到红墨水瓶里,开始写起来。这时她们交换着乐滋滋的眼色。我一跃腾空而起,超越了我心里要说的话,追逐着"超过我年龄的答案"。不幸,调查的问题不帮忙,表上尽是一些关于我爱好或不爱好之类的问题。例如,问我喜欢什么颜色啊,最喜爱什么香味啊。我无精打采地杜撰着我的爱好。突然露一手的机会来了:"什么是你最大的愿望?"我毫不犹豫地回答:"成为一个战士,为死者报仇。"我太激动了,不等写完,就跳到地上,急于把我的作品交给她们看。她们的目光打起精神,变得敏锐起来。皮卡尔夫人戴上眼镜,我母亲从她的肩上俯身去看,两个人同时狡黠地伸伸嘴唇,然后一起抬起头来:我母亲的脸涨得通红,皮卡尔夫人把手册还给我:"我的小朋友,你知道,只有由衷地回答才能引起兴趣。"我感到无地自容。我的错误是十分明显的:她们需要的是有奇才的儿童,我却显示出高尚的品行。我的不幸在于这些夫人没有亲人在前线,在她们恪守中庸之道的心灵上,英豪是没有地位的。我赶紧躲开,跑到一面镜子前面做鬼脸去了。

　　这两次做鬼脸,如今想起来,当时无非是想保护自己。我用脸部肌肉运动来刹住羞愧迅速外露,然后把我的不幸推到极端,由此把我从不幸中解救出来。为了不丢脸,我赶紧采取卑躬屈膝的态度,干脆抛弃讨人喜欢的手段,以便忘记我曾用过乃至滥用过这种手段。为此目的,镜子帮了我很大的忙。我让镜子向我表明我是一个丑八怪,如果镜子能做到这一点,我辛酸的内疚就会变成恻隐之心。但主要是因为失败使我看清我的奴性,于是乎我使自己变得面目可憎,为的是不让奴性发展,为的是与人们断绝关系,并使人们抛弃我。上演恶的喜剧为的是跟善的喜剧针锋相对。从前扮演埃利亚桑,现在扮演加西莫多①了。我歪嘴扭鼻子,皱眉斜眼睛,使我的脸变了样,用毁自己的容貌来抹去我以前的微笑。

我的病越治越糟糕:为避开荣誉和丢脸,我企图躲进孤独的个性中去。但我没有个性,在自己身上只发现令人吃惊的呆板。在我眼前,一只水母撞倒在鱼缸的玻璃上,有气无力地蜷缩成环状,一点一点地消失在黑暗之中。夜降临了,镜子里浮现的黑云慢慢聚拢,吞没了我的身影。我的替身已被夺走,只剩下我自己。在黑暗中,我感到迷离恍惚,听到窸窸窣窣声和怦怦的心跳声。啊!一头活生生的野兽,最可怕的野兽,唯一使我害怕的野兽。我拔腿逃跑,重新到亮光下上演我丧失神采的天使角色,但白费心机。镜子使我明白我本来并不讨人喜欢,其实这一点我心里始终是清楚的。这以后,我再也振作不起来了。

我受大家宠爱,但每个人又把我推回来,我是一个没有人

---

① 加西莫多,雨果名著《巴黎圣母院》中丑陋的敲钟人。

要的东西。七岁的时候,我才求助于自己,但我自己还不存在;我好比空无一人的玻璃宫殿,为新生的时代反映出它的烦恼。我新生,为的是满足我对自己极大的需要;直到那时,我有的只是沙龙小狗的虚荣;我被逼到非自尊不可的时候,变得傲慢自大起来。既然没有一个人把我当回事儿,既然谁都不要我,那么我就自命不凡地要成为天下不可缺少的人。还有什么更妙的呢?还有什么更蠢的呢?的确,我没有选择的余地。我是一个不买票的旅行者,在座位上睡着了,检票员把我摇醒:"您的票呢?"我不得不承认没有票,也没有钱当场补票。于是乎我开始为我的过错辩护:我把身份证忘在家里了,甚至,不记得是怎么蒙过检票员的检查,但承认偷偷溜进了车厢。我非但没有对检票员的权威表示异议,反而对他履行的职责表示崇高的敬意,在他未检查之前,我已经屈从他的裁决了。我卑躬屈膝到了极点,在这种情况下,只有把局势完全倒过来才能得救。于是我透露我肩负着重要而秘密的使命去第戎,这关系到法国,也许关系到全人类。从这个新的角度看问题,可能在这整列火车里没有一个人比我更有权利占一个位置。很明显,我们所面临的问题是,一项最高的命令与一项具体的规定发生了矛盾。但如果检票员擅自中断我的旅行,他可能引起严重的纠纷,其不堪设想的后果也许会落到他的头上,所以我恳求他三思而行:在维持一列火车的秩序的借口下,把全人类推进混乱之中是否明智?这就是自尊:无耻之徒的辩护词。持票的旅行者才应该老实点呢。我不知道是否能胜诉,反正检票员默不作声。我重新申述我的理由,只要我在讲话,便相信他不会强迫我下车,就这样,我们面对面,一个不吭一声,另一个滔滔不绝,而火车把我们带向第戎。火车、检票员和轻罪犯,在我身上熔于一炉,另外还有第四者,那就是组织者,其愿望只有一个:欺骗自己,哪怕一分钟也好,忘记自己所创建的一切。家庭喜剧帮了我的忙,家人称我为天才,这是闹着玩的,我也不是不知道。由于我备受同情,往往眼泪汪汪,但心坚如钢,我要成为一件正在寻找收礼人的有用的礼物,把自己献给法国,献给世界。至于具体的人,我才不在乎呢。不过,既然非要跟人打交道不可,我还能使人们高兴得流泪,这说明世界是带着感激的心情欢迎我的。你们会想我未免太自负了吧,不,我是没有父亲的孤儿,既然我不是任何人的儿子,我的来源便是我自己,充满着自尊和不幸。我被一股激情推到世上,一味往善的方向发展,前后关系是很清楚的:母爱的温存使我变得懦怯,孕育我的那个粗野的摩西不在人世,使我的生活单调乏味,外祖父的宠爱使我自命不凡。我纯粹是个物品,倘若我能相信家里上演的喜剧,那么我献身于受虐狂再合适也没有了。但不可能,家庭喜剧只使我表面上激动,骨子里却冷若冰霜,不以为然。我对成套的喜剧形式反感至极,憎恶幸福的昏厥,憎恶懒散,憎恶自己过分受抚摸、过分受宠爱的躯体,我在反对自己时找到我自己,我立意自尊和残忍,反过来说,我变得宽宏大量了。宽宏大量,如同它的反面:吝啬和种族主义,只不过是为了医治我们内心的创伤而分泌的香膏,到头来使我们中毒而死。为了逃脱被人弃置不顾的命运,我为自己选择了资产阶级最不可救药的孤独,即造物主的孤独。请不要把这当头一闷棍与真正的反抗混为一谈:人们奋起反抗嗜杀成性者,而我只有施恩人。有很长一段时间,我还是施恩人的同谋哩。况且是他们把我称为神童的,我只不过把受我支配的工具用于其他目的罢了。

上述的一切都是在我头脑里发生的。既然别人把我看做想象中的孩子,我就以想象来自卫。如今当我回顾六岁至九岁时的生活时,印象最深的是我智力活动的连续性,其内容经常变化,但纲领是不变的。一开始我上场太早,于是退到屏风后面藏起来,正当世界静悄悄地要我脱颖而出的时候,我恰好再生了。

我最初编的故事无非是《青鸟》①,《穿靴子的猫》②,以及莫里斯·布肖写的童话的翻版。这些故事在我的眉宇之间,脑门之后,自然而然地产生。后来我敢于修改这些故事了,给自己在故事里找到了一个角色,从此故事改变了性质。我不再喜欢仙女,仙女在我周围已经太多了,此时丰功伟绩代替了仙国美景。我成了英雄,把我的媚态一扫而净。现在的问题不再是取悦于人,而是使人折服。我抛开了家,把卡尔妈咪,安娜-玛丽从我的幻想中清除出去了。我对做做手势、摆摆姿态厌倦了,决意幻想出瑰行壮举来。我杜撰了一个艰难困苦和难以忍受的天地,即《唧唧叫》《了不起》中的天地,保尔·迪瓦小说中的天地;我不杜撰自己一无所知的劳动和需求,而代之以惊险。但我从来不敢触动既成秩序:确信自己生活在最美好的社会里。我给自己确定的职责是把坏蛋从这个社会中驱逐出去。我既是警察,又是施刑者,每天晚上都要献祭一帮强盗。我从来没有发动过预防性战争和惩罚性远征。我杀人不为取乐,亦非因为发怒,而是为了使姑娘们死里逃生。这

---

① 此处《青鸟》指瑞典作家帕尔·阿泰尔博姗(1790—1855)写的童话故事。

② 《穿靴子的猫》,著名童话作家佩罗(1628—1703)的作品,与之齐名的,还有《小红帽》《灰姑娘》《睡美人》等。

些弱不禁风的人儿对我来说是必不可少的,她们需要我呀!显而易见,她们不能指望我的帮助,因为她们不认识我。但我把她们抛入极大的风险之中,除了我谁都救不了她们。当土耳其近卫军挥舞他们的弯形大刀时,一片呻吟声掠过沙漠,悬岩对沙子说:"此地缺一个人,那就是萨特。"就在此刻,我拨开屏风,挥舞快刀,人头纷纷应声落地,我在血河中诞生了。钢铁带来的幸福!我得到了应有的地位。

我每次诞生都是为了消亡。女孩子被我救了之后,投入当总督的父亲的怀抱,于是我走开,不得不重新成为多余的人或去寻找新的凶手。杀人凶手倒总能找得着。我作为现成秩序的捍卫者,把我存在的理由建立在连续不断的混乱之上,把邪恶闷死在我的怀里。邪恶消亡我亦消亡,邪恶再生我又再生。我是一个右派无政府主义者。我暗中行侠仗义,外表上却不露声色。我依然奴颜婢膝和极力巴结,要丢开已养成的德行是多么不容易啊。所以每天晚上我急不可待地等着日复一日的滑稽戏收场。我赶紧跑上床,草草做完祷告,便滑进被窝里去了。我急于想再横冲直撞地干一番。在黑暗中我衰老了,变成一个孤独的老年人,没有父母,无家可归,几乎连姓名都没有。我在一幢熊熊燃烧的房顶上行走,手中抱着一位昏迷不醒的妇女。在我的下面,人群高喊着,楼房眼看快倒塌了。此时我用预言家的口吻脱口而出:"请听下回分解。"母亲问道:"你说什么?"我谨慎地回答:"我暂停一下。"事实上我已经睡着了,在危如累卵的气氛中睡着了。这种不安全感挺有趣儿。第二天晚上,我很守约,又跑到屋顶上,又是熊熊烈火,这一回是死定了。不料,我突然发现一条承溜,前一天晚上却没有注意到。我的上帝,我们得救了!但我怎么样才能抓住竖管往下滑而又不松开我珍贵的负荷呢?有了,这位年轻的妇女苏醒了过来,我把她扛在背上,她的双臂紧搂着我的脖子。不,不好,经过考虑,我还是让她重新昏迷不醒,哪怕她对自己被救稍微做出一点点贡献,我的功劳就等于减少了。巧得很,我脚边有一根绳子。我把受难者牢牢缚在我这个营救者的身上,剩下的事便很简单了。高贵的先生们——市长、警察局长、消防队长——热烈接待我,拥抱我,亲吻我,给我颁发勋章。我失去了自信,一时不知如何是好,这些地位很高的人物抱吻起来太像我外祖父了。于是我把全部故事抹去,重新开始:事情发生在夜里,一个姑娘喊救命,我冲入混乱之中……请听下回分解。我冒着生命危险,迎接英雄壮观的时刻,使我这只偶然降到人间的动物变成荣膺天命的过客。但我感到胜利之后反倒活不下去似的,我太幸福了,等第二天再来一次吧。

一个大有希望成为神职人员的无知小学生居然做起冒失鬼的梦来,人们不免感到惊讶吧。儿童身心不宁是因想象而引起的,平息这种身心不宁并不需要流血。难道我从来没有希望成为一名英勇的医生,拯救深受鼠疫或霍乱之害的同胞吗?没有,我承认从来没有过。但我既不残忍也不好战,如果本世纪初的年代使我成为"史诗诗人",这并不是我的过错呀。吃了败仗的法国,全国上下充塞着假想的英雄,他们假想的丰功伟绩安抚着法国人的自尊心。在我出生前八年,西哈诺·德贝拉克①"像红裤军乐队那样大吹大擂"。不久,自负

---

① 爱德蒙·罗斯唐(1868—1918)的五幕诗体喜剧《西哈诺·德贝拉克》是十九世纪末法国最流行的戏剧作品之一,主人公西哈诺·德贝拉克爱吵架,好动武,夸夸其谈,假充好汉。

而被害的小鹰①问世,很快就使人们忘记法绍达事件②。一九一二年,我对这些上层人物一无所知,但和他们的模仿者倒是经常打交道的。非常喜欢黑社会的西拉诺,即阿塞纳·吕班③,但我不知道他之所以力大无穷,敢于冷嘲热讽,表现出十足的法国聪明才智,正是由于我们在一八七〇年惨败丢脸的缘故。民族的好斗性和报复思想使所有的孩子都变成复仇者。我也跟大家一样成了一个复仇者。爱开玩笑和喜欢摆军人威风,这些战败者不可容忍的缺点吸引了我,我把流氓无赖先嘲笑一番才打断他们的脊梁骨。但战争使我厌倦了,我喜爱经常到我外祖父家来的温和的德国人,只对个人之间不公正的事情发生兴趣。在我没有怨恨的心中,集体力量起了变化,我运用集体力量来培养我的个人英雄主义。管他呢!反正我已被打上烙印了。在这动刀动枪的时代,我之所以荒谬绝伦地把生活看做史诗,因为我是失败国的子孙。作为彻底的无神论者,在我死亡之前,我将用史诗般的理想主义来补偿我本人没有遭受过的侮辱,补偿我本人没有忍受过的耻辱,补偿早已归还给我们的两省的失陷。

上个世纪的资产阶级永远忘不了他们观看的第一场戏,

---

① 爱德蒙·罗斯唐的五幕诗体剧《小鹰》(1900)的主人公是拿破仑的儿子小鹰,他青年时代奢望光宗耀祖,但被德军俘虏。他企图越狱逃脱梅特涅的控制,结果事败身亡。
② 法绍达是旧城市名,今称科多克,位于苏丹上尼罗省。一八九八年该城的归属问题引起一场英法外交风波。法军从刚果出发,走旱路先占该城,自六月十日插上法国国旗,英军走尼罗河水路,九月十八日才到达。开始法国拒绝撤军,一八九九年三月二十一日英国向法国发出最后通牒,法国屈服,整个尼罗河盆地从此割让给英国。
③ 阿塞纳·吕班是法国小说家莫里斯·勒布朗笔下的人物,神出鬼没的小偷典型,外表极有绅士风度。在勒布朗的很多小说中出现过。

代表他们的作家自告奋勇记述当时的情景。幕布一拉开,孩子们以为身临宫廷之中,但见一派金碧辉煌,大红绛紫,炉火熊熊,浓脂厚粉,夸夸其谈,尔虞我诈,这一切使犯罪也显得颇为神圣。孩子们从舞台上看到贵族复活了,而贵族恰恰是由他们的祖父们杀害的,幕间休息时,层层楼座的观众给他们提供了社会的形象,人们把包厢里袒胸露臂的女人和活着的贵族指给他们看。孩子们回到家里,直着眼发愣,精神萎靡不振,但心中暗暗盘算着将来有朝一日也能主持隆重的场面,成为儒尔·法弗尔、儒尔·费里、儒尔·格雷维式的人物。① 我看我的同代人不一定讲得出首次看电影的日期,因为我们稀里糊涂地进入了一个与传统隔绝的世纪。这个世纪以它粗俗的举止与以往的世纪形成鲜明的对照,而新艺术,即庶民艺术,预示着我们的野蛮这种诞生在盗贼巢穴之中的艺术却被政府部门列入市集娱乐,以下等人的举止出现,使道貌岸然的人感到愤慨,这是娘儿们和孩儿们的娱乐。母亲和我是电影迷,但我们很少想到这种艺术,从来也不谈起:当人们不缺面包的时候,难道会谈论面包吗?当我们觉察到它的存在时,它早已成为我们生活的必需了。

　　下雨的日子,安娜-玛丽问我想干什么,我们久久犹豫不决,马戏场,夏特莱剧场,电力公司俱乐部,蜡人馆,不知去哪儿好,最后我们装出随便去一个地方的样子,决定到一家电影院去。我们打开房门,外祖父已出现在他办公室的门口,问

---

① 儒尔·法弗尔(1809—1880),法国律师、政治家、国防政府成员(1870)。儒尔·费里(1832—1893),法国政治家,曾对小学教育做出过贡献,但他是法国殖民扩张的积极鼓吹者和组织者。儒尔·格雷维(1807—1891),曾任法兰西共和国总统(1879—1887)。

道:"孩子们,你们上哪儿去啊?"我母亲回答:"去电影院。"他皱起眉头,母亲赶紧补充道:"去先贤祠电影院,很近嘛,只穿过苏弗洛街就行啦。"他放我们走了,但耸了耸肩膀。第二个星期四他对西蒙诺先生说:"您瞧瞧,西蒙诺,您是一个庄重的人,请您想想,我女儿居然带着我外孙去看电影,您理解吗?"西蒙诺先生用随和的语气回答道:"我从来不去电影院,但我的妻子有时倒是去的。"

电影已经开场了。我们跟着女引座员,跌跌撞撞摸着走,我感到自己像个偷渡者。在我们的头顶上方,一束白光穿过大厅,白光中灰尘在欢蹦乱跳,烟雾在翩翩起舞,空中鸣响着一架钢琴的声音①,紫色的梨②在墙上闪闪发亮,消毒剂的气味直冲我的嗓子眼。在这挤满人的夜晚,这些梨和气味弄得我迷迷糊糊,我仿佛在吞食那些太平灯,全身都充满了它们的酸甜味儿。我的背蹭过一双双膝盖,坐到一张吱嘎作响的椅子上,母亲往我屁股底下塞一条折叠起来的毯子:把座位垫得高高的。我终于集中注意力望着银幕,看见一片白垩般的荧光,密密实实的光线好似暴雨蒙住了闪烁的风景,自始至终不断下着大雨,甚至在大太阳下或在屋里室内也是大雨滂沱,不时一颗小行星似的火球穿过一位男爵夫人的客厅,而她却若无其事。我很喜欢这种大雨,喜欢这种在墙上发生的忐忑不安。钢琴师弹起了《芬格尔洞》序曲③,观众都懂得罪犯快出现了。男爵夫人害怕得要命,她美丽的容貌变成炭黑色,最后让位于淡紫色的字牌:"上集完"。立刻一切都暴露在光天化

---

① 本世纪初的电影是无声片,放映时带有钢琴伴奏。
② 指太平门上的梨形灯。
③ 门德尔松所作的著名序曲之一,又名《赫布里底岛》。

日之下。我在哪儿？在一所学校里？在一个机关里？一点儿装饰也没有，只见一排排折叠式座椅，座位下露出弹簧，四周的墙壁涂着赭石颜料，地板上到处是烟头和唾沫。大厅里乱哄哄的，人声嘈杂，观众大声说话，女引座员叫卖英国糖果。母亲给我买了一些，我把糖果放到口袋里，因为我还在咂摸太平灯的滋味。人们揉着眼睛，个个头昏眼花的样子，士兵是这样，本区的女用人也是这样。一个瘦骨嶙峋的老头嚼着烟草，披散着头发的女工大声笑着，所有这些人都不属于我们的阶层，幸亏在这片黑压压的人头中不时出现令人欣慰的高筒礼帽，这才使人放下心来。

我已故的父亲和外祖父是剧院三楼楼厅的常客。他们对剧院中划分等级的繁文缛节兴致颇浓：当很多人聚集在一起时，应该按三六九等把他们分开，要不然就会鱼龙混杂，面目不清了。电影院则相反，观众混杂在一起，好像不是为了娱乐欢庆而是发生了一场灾难才聚集在一起的。在电影院里礼节被取消了，这反倒显露出人们之间真正的关系，即依附关系。我讨厌繁文缛节，喜欢聚集的人群。我看见过各种各样的人群聚集，但这样毫无掩饰，这样摩肩擦背不分彼此，这样如梦后初醒的状态，这样暗自意识到做人的危险，后来只有一九四〇年在D区十二号①才重新感受到。

我母亲索性大着胆子带我去通俗喜剧院，例如基内拉马剧场，戏剧游乐园，滑稽歌舞剧院，戈蒙大剧院——当时人们称跑马场。我看过《小丑》《幽灵》《马西斯特的功绩》《纽约

---

① 第二次世界大战期间在德国，D区集中营关押战俘中的下级军官和士兵。萨特被俘后曾被关押在那里。

的秘密》①,但这些地方的金碧辉煌很令我扫兴。滑稽歌舞剧院,这个由剧院改建的电影院,硬是保留着原先庄严隆重的气派:直到最后一分钟金穗帷幕还挡着银幕,等重重敲三下地板方始开场,乐队演奏序曲,幕布升起,灯光熄灭。我很厌烦这种不伦不类的繁文缛节,这种发霉过时的排场,这一套讲究必然使剧中人物更加远离观众。在楼厅里,在顶层楼座上,我们的父辈受到刺眼的吊灯和刺鼻的天花板油漆的侵袭,绝不可能也绝不愿意相信戏剧是属于他们的,他们只在剧院受到接待而已。至于我,我宁愿就近看电影。在本区放映场那种虽不舒适却人人平等的条件下,我悟出这种新艺术是属于我的,也是属于大家的。从思想上来说,我和电影艺术是同时代的产物:我七岁时,已经会念书;电影诞生已十二年,却还不会说话。听人说,电影方兴未艾,前程远大,我心想我们可以共同成长喽。我没有忘记我们共同度过的童年。当人们给我一粒英国糖果时,当一位妇女在我身边抹指甲油时,当我在外省旅馆厕所里闻到某种消毒剂的气味时,当夜间乘火车我仰望着车厢顶上的紫色照明灯时,我仿佛在眼里,在鼻中,在舌上重新感觉到这些早已消失的放映室里的灯光和香味。四年前,我经过芬格尔洞穴附近的海面,正遇上狂风大作,我仿佛听到了钢琴声。

既然无法接近神道,我便崇拜起魔法来:电影。电影的表象变化无常,我却反常地喜欢这种变幻莫测。这种涓涓细流似的连续不断,既是整体又是零星,由整化为零。我观看从一

---

① 这四种均为根据侦探小说或惊险故事拍摄的无声电影,其中苏韦斯特(1874—1914)写的侦探小说《幽灵》最为著名。

堵墙上掠过瞬息万变的幻景,万物的立体形状消失了,扰乱着我身心的一块块庞然大物的形状消失了。作为幼稚的唯心主义者,我为万物能这样无止无休地缩小而高兴。后来每当看到立体的东西发生移动和旋转时,我便想起银幕上图像的移动和变幻。我实在喜欢电影,连它平面几何的图像都喜欢。从黑白两色,我可想象出黑白本身所包含的其他五光十色,而且只肯跟内行的人略谈一二。我为看到了平日人们不愿让人看见的事物而欣喜若狂。更使我喜欢的是,我的英雄们自始至终一声不吭,或者更确切地说,他们并非哑巴,因为他们能使人明白自己的意图。我与他们通过音乐来沟通思想,音乐是他们内心世界的声音。被迫害的无辜女子通过音乐表达的痛苦比诉说或表演更为感人。她通过旋律深深打动了我,犹如道出她的肺腑之言。我通过银幕上的字母读到人物之间的对话,了解到她的希望和辛酸,但通过耳朵突然发现了她强忍着的悲痛。我受到了感染,这位在银幕上哭泣的年轻寡妇虽然不是我,但她和我,我们有一个共同的灵魂:肖邦的葬礼进行曲足以使她的眼泪润湿我的眼睛。我仿佛成了预言家,却又什么也不能预言:叛徒出卖以前,他的滔天罪行我已经感觉出来了;当宫殿里还是一派宁静的时候,阴森森的和弦已经预示凶手快出场了。这些骑士、火枪手、警察,他们是多么幸福啊,音乐预告他们前程似锦,他们主宰着局势。一支连绵不断的乐曲水乳交融地陪伴着他们的一生,引着他们走向胜利或走向死亡,随后乐曲也逐渐消失。众人期待着英雄,他们是遇难的姑娘、将领、埋伏在森林中的叛徒、被捆绑在炸药桶旁的伙伴——他忧心如焚地眼看着引爆线在燃烧。引爆线在迅速燃烧,处女向劫持者绝望地反抗,英雄在大草原上骑马飞驰。

所有这一切形象纵横交错,迅速异常,台下演奏着根据《浮士德的沉沦》改编的钢琴曲《沉沦》①,琴声阴森凄凉,形象与音乐浑然一体,表现着一个东西:命运。英雄下马着地,熄灭了引爆线,叛徒向他扑去,于是展开短刀搏斗。决斗的波折紧密配合着音乐的铺展,其实都是一些假风波,掩盖不了人世间既定的秩序。最后一刀正好落在最后一个和弦上,皆大欢喜!我兴奋至极,终于找到了梦寐以求的世界,达到了极乐的境地。但灯光一旦复明,我感到扫兴透了,因为我已经完全进入这些角色,跟他们休戚与共,他们消失了,他们的世界也随之覆灭。我从骨子里感到他们确实胜利了,但这是他们的胜利,不是我的胜利。走到街上,我又感到自己是多余的人。

我决定发表己见,并且生活在音乐的旋律中。每天傍晚五点左右机会就来了。外祖父到语言专科学校教课,外祖母躲进她的房间读吉普②的书,母亲让我吃完点心,把晚饭做上,吩咐完女用人之后,到钢琴旁坐下,演奏肖邦的叙事曲,舒曼的奏鸣曲,弗兰克③的交响变奏曲,有时在我的请求下,她也演奏《芬格尔洞》序曲。我溜进工作室,室内已经昏暗,两支蜡烛在钢琴上点着,半明半暗对我非常合适。我一手抓着外祖父的尺当作我的长剑,一手拿着他的裁纸刀当作我的匕首,我立刻变成一个火枪手的平面形象。有时灵感一时上不来,为了争取时间,我决定,尽管我好斗成性,剑术高超,但因肩负一项重要的使命,还得隐姓埋名。我必须挨打而不还手,竭力装出怯懦的样子。我在屋子里团团转,恶狠狠地斜着眼

---

① 《沉沦》,指法国作曲家柏辽兹(1803—1869)所作的四章传奇剧乐曲。
② 吉普(1849—1932),法国女作家。
③ 弗兰克(1822—1890),法国作曲家。

睛,低垂着头,脚拖着地面走路,时不时惊跳一下,不是别人刮我一记耳光,便是在我屁股上踢一脚,但我切记不作反抗,只是暗暗记下侮辱我的人的姓名。等到一定的火候,音乐终于大作,如同伏都教①的仪鼓,钢琴的节奏加快,迫使我行动起来。《即兴幻想曲》渗入我的心田,在我的脑海里萦回,使我忘记自己的过去,给我展现未来的艰难险阻。我着魔了,魔鬼附着我的身心,摇李树似的震撼着我。上马!我既是良种牝马又是骑士,既是骑马人又是被骑者,我飞快地奔驰在荒原和田野上,就是说在工作室的门窗之间来回乱跑。"你太闹了,邻居要埋怨的。"母亲说着,但没有停止演奏,我不理会她,因为我是不说话的。我发现了公爵,从马上跳将下来,不出声地向他撇嘴,示意他是狗杂种,他勃然大怒,一声呼出他的大兵。我用剑光护身,筑成一道钢铁堤防,时不时刺穿一个士兵的胸膛。紧接着,我一转身,又变成了被砍的大兵,我倒下来,死在地毯上。然后,我又悄悄从尸体中抽身出来,站起来重新担任游侠骑士的角色。我同时扮演所有的角色,演骑士时给公爵一记耳光,然后转过身来扮公爵吃一记耳光。但我演坏蛋演不久,总是急于回到第一个重要角色:我自己。我是不可战胜的,打败了所有的人。但像我夜间编的故事一样,我总是迟迟不让自己凯旋,因为害怕随之而来的消沉。

  我保护着一位年轻的伯爵夫人,不让她受国王的弟弟的欺凌。一场大残杀呵!我母亲已经翻过一页乐谱,快板变成了柔板,我赶紧结束屠杀,向受我保护的夫人微笑。她爱上了我,这是由音乐一语道破的,而我,也爱上了她,也许是一颗钟

---

  ① 伏都教,安的列斯群岛黑人的一种宗教。

情的心在我身上萌发。恋爱了,该做些什么呢？我挽着她的手臂,陪着她在一块草地上散步。但这不够呀。于是被急忙召来的流氓和大兵帮了我的忙:他们向我们扑过来,一百个人对付我一个;我杀死了九十个,但另外十个人抢走伯爵夫人,扬长而去。

我忧郁的岁月开始了。爱我的女人被掳走,王国的全部警察在追捕我,我成了不法之徒,走投无路。我可怜至极:孤独一人,以剑为伴。我垂头丧气地在工作室里踱来踱去,整个身心沉浸在肖邦如泣如诉的乐曲之中。间或我回顾自己的经历,或向前跳越两三年,心想那时一切将变得好起来,人们将还我爵位封号,还我土地,还我几乎未受损伤的未婚妻,国王最终将宽恕我。但我随即又向后蹦,蹦回两三年,重新处在不幸之中。这样的时刻真叫我陶醉:假想与现实融为一体。我是懊丧的流浪者,寻求着正义,活像一个无所事事的孩子,茫然无所适从,寻思着生活的意义,在音乐的旋律中徘徊于外祖父的工作室里。我一面扮演戏中的角色,一面利用我们的相像之处,把我们的命运搅和在一起:我确信能取得最后的胜利。我透过自己遇到的艰难险阻看到了通向目的地的捷径。眼下虽然卑贱,但正是通过这个卑贱的地位,我瞥见了光辉灿烂的前程。舒曼的奏鸣曲更使我深信不疑:我既是绝望的人,又是从创世那天起就拯救了那个人的上帝。能够空伤心是多么让人高兴啊！我有资格对天地万物表示不满。我领略着伤感的乐趣和怨恨的刺激,终于对胜利来得太容易而厌烦了。平日我是备受关怀的玩物,不管我想吃不想吃,总是被填得饱饱的。所以我急于过一贫如洗的假想生活,八年的极乐生活,其结果使我产生了想当殉难者的志趣。我把平日偏袒我的审判官统统换掉,换成讨厌我的审判官,他们准备不听我辩护就定我的罪,但我决意改变他们的做法,迫使他们宣告我无罪,向我庆贺道喜,给我表彰性的奖赏。我满怀激情读了二十遍格里塞利迪斯①的故事。然而,我毕竟是不爱吃苦的,不过爱让别人受苦,而且很残忍。譬如,我是无数公主小姐的保护者,但毫不拘束地想象着痛打那个与我同楼的邻居小女孩一顿屁股。这篇不值得推荐的故事有一点使我十分中意:不幸的侯爵夫人受虐待,但她以百折不挠的贤德最后使残暴的丈夫折服。这正是我所需要的:迫使审判官屈服,迫使他们崇敬我,以惩罚他们的偏见。但我日复一日地推迟宣告我无罪,因此我始终是未来的英雄,一方面我如饥似渴地想成为一尊圣体,另一方面又不断推迟这个愿望的实现。

我感受到了双重的忧伤,既是体验到的,也是假装出来的。我想这种忧伤反映了我的失望情绪:我一连串的功绩只不过是一连串偶然事件罢了。当我母亲用力弹奏《即兴幻想曲》最后几个和弦的时候,我已经迷离恍惚了,不记得自己是没有父亲的孤儿,还是没有孤儿可供保护的游侠骑士。英雄完成一项功绩又去完成另一项功绩,小学生做完一个听写又去做另一个听写,英雄也罢,小学生也罢,同样地重复自己的事,我始终被关在"重复"这座监狱里。但未来确是存在的,电影向我揭示了这一点,我一心想有一个前途。格里塞利迪斯受的气使我厌倦了。我无止无休地推迟享天福的历史性时

---

① 格里塞利迪斯,又名格丽雪达,相传是十一世纪时的一位侯爵夫人,贤妻的典范。薄伽丘(1313—1375)最早讲述她的故事。萨路卓侯爵为了考验妻子的贤德,对她百般虐待,但她始终百依百顺,最后侯爵对她恩情弥笃,爱宠有加,尊她为侯爵夫人。萨特在下文中多次提到她。

刻是徒劳无益的,反正我创造不出真正的前途,所谓前途,只不过是推迟了的今天而已。

接近这个时期——一九一二年或一九一三年——我阅读了《米歇尔·斯特罗戈夫》①。我高兴得哭了:真是楷模的一生!这位军官,为了显示他的价值,不需要等到强盗来挑战,上面一道命令就把他从黑暗的虚无中唤了出来,他生活的目的就是服从上面的意志,并为上面的胜利而献身,因为这种献身是无上光荣的:小说最后一页被翻过以后,米歇尔活活地被禁锢在他那烫金边的小棺材里了。没有一点忧虑,因为他一出现就负有正当使命;没有任何偶然性,他转战南北,始终兴头十足:他的勇气,敌人的警觉,地形的自然条件,通讯的手段,其他二十名信使,所有一切的一切都是预先布置好的,米歇尔每时每刻都在地图上留下足迹。没有重复,一切都在变化,当然他也必须不断变化。他的前途在向他召唤,照亮着他的道路;他向着一颗明星勇往直前。三个月之后,我怀着同样的激情重读了这本小说。我并不喜欢米歇尔,觉得他太听话了,但妒忌他的前途。我爱慕他身上潜藏的基督教徒的气概,而大人们一直不允许我成为基督教徒。俄国的沙皇是上帝老子天皇爷,米歇尔被一道奇怪的命令从虚空中召唤出来,他像一切圣者,肩负罕见的重大使命,战胜诱惑,排除障碍,阅尽尘

---

① 《米歇尔·斯特罗戈夫》,儒勒·凡尔纳于一八七六年发表的惊险小说。主人公米歇尔·斯特罗戈夫是沙皇的信使队长,他奉命送一份重要信件到遥远的伊尔库茨克去。该城受到鞑靼人叛乱分子的严重威胁,这次叛乱是由原皇家军官伊凡·奥加雷夫煽动的。米歇尔·斯特罗戈夫不幸被伊凡手下的人抓住,受尽严刑拷打,险些被挖去双眼。小说从始至终贯穿了斯特罗戈夫大无畏的精神和绝对忠诚的品质。

世,饱尝殉道者的苦难;在得到天助①后,对他的上帝歌功颂德,在他完成任务之际,进入了不朽的行列。我认为这本书有毒,难道存在上帝的意中人吗?上帝难道事先给他们指定了道路吗?我讨厌圣洁,但米歇尔·斯特罗戈夫身上的圣洁迷住了我,因为它披着英雄主义的外衣。

然而我并没有因此对我的哑剧改动分毫,肩负使命的想法只是想入非非,犹如飘忽不定的幽魂,落实不到行动上,可是我摆脱不了它。诚然,我的哑剧中的配角们——法国各代的国王——很听我的指挥,而且只要我打一个手势,他们便向我下达命令:我是不向他们请求命令的。如果出于服从而冒生命危险,那么慷慨施与将成什么了呢?马塞尔·杜诺,这个铁掌拳击家,每星期都使我惊讶不已,他的表演姿态优雅,超过了应尽的义务。而米歇尔·斯特罗戈夫尽管眼睛被打坏,满身是光荣的斑斑伤痕,却很难说是否做到了这一点。我欣赏他的英勇善战,却不赞成他的卑躬屈膝,这位好汉头顶一片青天,为何要向沙皇弯腰躬身呢?沙皇吻他的脚才对呢!然而,如果不卑躬屈膝,何处能找到生存的理由呢?这个矛盾使我深深陷入困境。有时我企图回避困难:我是一个默默无闻的孩子,听说有一个危险的使命,便上前跪倒在国王的脚下,恳求交给我这个使命。他拒绝了,因为我太年轻,事关重大,我不行。于是乎我忽地站起来,向他挑战,干净利索地打败他所有的侍卫。君主明白过来了:"行吧,既然你乐意,那你就去完成使命吧!"但我没有上自己计谋的当,心里明白这是硬要别人接受的。再说,所有这些王孙贵族丑八怪,早就使我烦

---

① 被一滴眼泪的奇迹所救。——作者原注

透了:我是长裤汉①和弑君者,我外祖父早就让我对君主抱成见,无论他们叫路易十六,还是叫巴丹盖②。尤其因为我每天阅读《晨报》上米歇尔·泽瓦科的连载小说,这位受雨果影响的天才作家发明了共和主义的武侠小说。小说中的主人公全部代表人民,他们推翻帝国,又建立帝国,然后再推翻帝国,自十四世纪就预言法国大革命。他们出于侠义心肠,保护年幼的国王或呆傻的国王不受大臣们要挟,他们还打坏国王的耳光。其中最伟大的侠客是帕达扬,他是我的师父,我无数次学他的模样,高傲地做出两条细腿站得很稳的样子,打亨利三世和路易十八的耳光。在此以后,我怎么会听命于国王呢?总而言之,我既不能给自己发委任状,以证实我在这个地球上的意义,也不能承认任何人有权向我颁发这种委任状。我继续骑马巡视,懒洋洋的,已经厌倦混战了。由于自己头上没有沙皇,没有上帝,或没有父亲,我当刽子手时漫不经心,当殉道者时无精打采,因而只能当格里塞利迪斯喽。

我过着双重生活,全是骗人的把戏:在公开场合,我是一个小骗子,即著名的夏尔·施韦泽那个有名的外孙;私下自个儿时,我深深陷入假想的愤慨。我假装隐姓埋名,以此来纠正虚假的荣耀。我毫不费劲地从一个角色跳入另一个角色。正当我一剑刺倒假想敌人时,门锁发出钥匙的转动声,母亲的双手突然僵住,在琴键上空一动不动。我把尺子放进书柜里,跑向外祖父,投入他的怀抱。我给他搬椅子,给他拿毛皮便鞋,

---

① 长裤汉是十八世纪末法国资产阶级大革命时期对广大群众的称呼。因当时贵族都穿短套裤,平民百姓却只穿长裤。
② 路易-拿破仑·波拿巴一八四六年化装从阿姆古堡逃跑,穿的是泥瓦匠巴丹盖的衣服,后来他的政敌给他取绰号称他巴丹盖。

对他一天的工作问长问短,不时提到他学生们的名字。不管先前我陷入多么深沉的遐想,我从来没有遇到过迷途的危险,我自如地对付着外祖父。不过我面前有一种潜在危险:我的现实生活很可能永远是双重的虚假,只是不断互相交替罢了。

我还有一种现实生活。卢森堡公园的平台上,孩子们在玩,我走近他们,他们在我身边擦过,却对我视而不见。我可怜巴巴地望着他们,他们是多么壮实、多么敏捷、多么健美呵!在这些活生生的英雄面前,我失去了神童的智慧,失去了渊博的知识,失去了强健的体魄,失去了舞剑的灵巧。我靠在一棵树上,期待着。只要这帮顽童的首领吼一声:"出来,帕达扬,你来扮演俘虏。"我将抛弃我的种种天赋,哪怕跑龙套也甘心情愿,哪怕扮个躺在担架上的伤员,甚至装死人也乐意呀!可惜我没有得到这种机会。面前这帮孩子是我真正的审判者,我的同代人,我的同辈人。他们的冷淡把我打入冷宫,我再也不求他们来发现我了,我既非奇迹,也非怪物,一个引不起任何人兴趣的矮小瘦弱的人而已。可是我母亲愤愤不平,这位颀长而美丽的女子跟我这个小矮个儿在一起感到很得体,认为再自然不过了:施韦泽一家颀长,萨特一家矮小,我长得像父亲,仅此而已。她情愿在我八岁的时候还抱着我走,这样携带方便;我岁数长了,个儿仍旧矮小,但在她看来,也没有什么不合适的。然而当她看到谁都不邀请我玩时,她真心疼我,生怕我发现自己矮小而自惭形秽,其实我不尽然如此。为了挽救我失望的情绪,她装出不耐烦的样子说:"大傻瓜,你等什么呀?问问他们愿不愿意跟你一起玩。"我宁愿干最卑贱的事,也不愿丧失自尊去求他们。一些妇女坐在铁长椅上打毛线,她指着她们说:"你要我去跟他们的母亲说说吗?"我求她千万不要这样。她抓着我的手,我们离开了,从一棵树走到另一棵树,从一个人群走到另一个人群,始终是哀求的样子,但总是被排斥在外。黄昏,我回到自己的窝,回到精灵出没的圣地,沉浸在遐想中:我用咒骂和残杀一百个大兵来为我沮丧的情绪报仇雪恨。管他呢,反正事情进展得不顺利。

我的外祖父拯救了我:他无意中把我抛入了一场新的骗局,从而改变了我的一生。

二　写　作

　　夏尔·施韦泽从来不把自己视为作家。但到了七十高龄，仍对法语爱不忍释，因为他费了很大的劲才学会，而且还不能运用自如。他喜欢舞文弄墨雕词琢句，不喜欢吟哦咏诵，而他那不争气的语音语调却处处使他露怯。一有空，他便挥笔成章，很乐意为我们家和学校增添光彩，每逢佳日良辰写些应时作品：新年祝辞，生日祝愿，婚宴贺词，圣查理曼节献诗；独幕剧，猜字谜，限韵诗，顺口溜；开代表会时，即席赋四行诗，德文和法文同时并举。

　　初夏，没等外祖父结束课程，两位妇人和我，我们便出发去了阿卡雄。他一星期给我们写三次信，每次给路易丝写两页，给安娜-玛丽写一个附言，给我写一整篇韵文。为了让我更好地领略我的幸福，母亲边学边教我诗律。有一次她们发现我在乱写韵文回信，于是赶紧催我写完，并助我一臂之力。两位妇人发信的时候，想到收信人会惊奇得目瞪口呆，不禁笑得流眼泪。回程邮班给我送来一首赞美我的诗，我再以一首诗相答。这个习惯使外祖父和外孙之间结成了一条新的纽带，两人犹如印第安人或蒙马特区为妓女拉客的人，用妇女不懂的语言狼狈为奸。家人送我一本音韵词典，我便成了打油诗人。我给薇薇写情诗，这是一个金发小姑娘，总坐在她的长椅子上,几年以后死了。小姑娘对我的情诗满不在乎:她是一个天使;但公众广泛的赞美为我补偿了她的无动于衷。我后来还找到过几首这样的诗。一九五五年科克多①说过,除了米奴·德鲁埃,所有的孩子都有天赋②。一九二一年除了我,所有的孩子都有天赋,我写作纯粹是装腔作势,搞虚礼俗套,冒充大人的样子;我之所以写作,因为我是夏尔·施韦泽的外孙嘛。家人让我念拉封丹寓言,我不喜欢。拉封丹的韵文写得松松散散,我决定用十二音节诗重写他的寓言。这个创举超出了我的能力,我好像受到嘲弄,从此不再赋诗。但我已是离弦之箭,干脆放弃韵文,改写散文。我不费吹灰之力就把从《唧唧叫》中读到的引人入胜的奇遇进行再创造,笔录下来。该是我从虚无缥缈的幻想中走出来的时候了。在神奇的邀游中,我想达到的却是现实。母亲经常一边目不转睛地看着乐谱,一边问我:"普卢,你在干什么?"我有时打破沉默回答:"我在演电影呢。"确实,我千方百计想象出种种镜头,让这些镜头在真的家具和真的墙壁之间再现,如同银幕上荧荧闪烁的镜头那样明晰可见,结果白费了力气。我不能无视我的双重虚假:我假装一个假装英雄的演员。

我乍学创作,下笔成文时,真是欣喜无穷。依然是冒名顶替,但我说过,我把文字看作是事物的精髓。看到我细小而潦草的字像萤火虫似的在黯淡无光的物体上闪烁爬行时,我兴奋得无以复加:想象的事物成了现实。一只狮子,一名第二帝

---

① 让-科克多(1889—1963),法国著名多体裁作家:小说家,剧作家,诗人,文艺评论家。

② 米奴·德鲁埃是本世纪初一个不出名的女诗人,因早熟而没有得正确的指导,天赋很快衰竭。显然,这里是科克多一句俏皮的反话。

国的上尉,一个贝督因人①,他们稀里糊涂地被命名后进入餐厅,从此永远受禁,化为文字符号。我自以为用钢笔尖把我的梦想铭刻在人间了。我要来一个本子,一瓶紫色墨水,在封皮上写道:"小说簿"。我把第一个写完的本子定名为《寻蝶记》。一个学者和一个强壮的年轻探险家以及学者的女儿逆亚马孙河而上,寻找一种珍贵的蝴蝶。内容,人物,探险的细节,甚至故事的标题,全部是从上一期季刊的一篇连环画借用的,这是肆无忌惮的抄袭,却替我解除了一切不安:既然我没有做任何杜撰,那么我写的一切必然是真实的。我并不奢望出版,但竭力使自己相信已出版的正是我要写的作品,我不写楷模以外的东西。我认为自己是抄袭者吗?不,我认为自己是独创一格的作者:我做了加工和润色呀。譬如,我想到了改动人物的姓名。这些细微的改变使我有权混淆记忆和想象。现存的句子以崭新的面貌在我头脑里重新组合,稳稳当当,井井有条,这就是所谓的灵感。我把这些句子誊写下来,在我眼前展现出密密匝匝的东西。如果人们普遍相信,作者灵感来临时已在内心深处变成另一个人,那么我七八岁的时候就认识灵感了。

我从来不完全相信"自动写作"②,但非常喜欢这种写作游戏,我是独生子嘛,可以自个儿玩耍。我不时搁下笔,装作犹豫不决的样子,双眉紧锁,目光恍惚,竭力使自己感觉到是一个作家。再说,出于赶时髦,我醉心于抄袭,甚至有意走极

---

① 贝督因人,居住在北非和西亚的一个游牧民族。
② 超现实主义初期的写作方法,即快速的、不假思索的写作,以抒写"潜意识"。

端,下例可资印证。

　　布斯纳①和儒勒·凡尔纳总是不失时机地给人传授知识。他们在最关键的时刻中断故事,着重描写一株毒草,一座土著人居所。作为读者,我跳过这些专题技术性描写;作为作者,我的小说充斥了这类东西,我认为要向我的同代人灌输所有我不知道的东西:富埃吉②人的风俗,非洲的植物,沙漠的气候。蝴蝶采集者和他的女儿遭到意外,不幸分离了,后来意外地乘坐一条船,一起在海上遇难,他们紧紧抓住同一个救生圈,不约而同抬起头,喜出望外,一个喊:"爸爸",一个喊:"黛西"。不幸,一条角鲨在周围转来转去,寻找鲜肉,越来越靠近父女俩,鲨肚在浪花间闪闪发亮。遇难者能死里逃生吗?我去找《拉鲁斯大词典》Pr-Z卷,吃力地搬到书桌上,熟练地打开所需要的那一页,逐字逐句地一行行抄袭:"鲨鱼遍及热带大西洋,这种大海鱼嗜食,长达十三米,重达八吨……"我慢条斯理地抄写,懒洋洋而津津有味,感到高雅的程序已跟布斯纳相等;由于还未找到办法拯救我的主人公,我乐于沉浸在惴惴不安之中。

　　这种新活动注定也是一场滑稽戏。母亲对我鼓励有加,领着人到餐厅观看少年创作者伏案写作。我装作聚精会神,全然未注意到欣赏者在场。他们踮着脚退出去,一边轻声说我可爱、迷人至极。爱弥尔舅舅送给我一架小打字机,但我不曾使用过;皮卡尔夫人给我买了一个地球仪,供我环球旅行,不至于搞错路线;安娜-玛丽把我的第二部小说《香蕉商人》

---

① 路易·布斯纳(1847—1910),法国小说家,以写惊险小说著称。
② 富埃吉是南美火地岛南部的一个地名。

誊抄在铜版纸上,传播了出去。甚至妈咪也鼓励我,她说:"至少他乖了,不吵闹了。"幸而这种认可因受到外祖父的反对而被推迟了。

卡尔从来不允许我看他所谓的"低劣的读物"。母亲向他禀报我已开始写作,起先他非常高兴。我猜他希望我写的是我们家的编年史,一定是妙趣横生,幼稚可爱。他拿起我写的本子,翻阅了一番,撅撅嘴,离开餐厅,对我热衷抄袭报刊上无聊的东西大为恼火。自此之后,他对我的作品漠不关心了。母亲十分伤心,但执着地在他不防备的时候让他读《香蕉商人》。她等到他换上便鞋,在安乐椅上坐下,当他双手扶膝,眼睛冷冷凝视前方,静静养神的时候,她抢走我的手稿,漫不经心地翻阅,突然受到感染,自个儿格格发笑,最后情不自禁地把手稿递给我外祖父:"爸爸,你看看嘛!有趣极了。"但外祖父用手推开本子,或者看一眼,没好气地挑剔我的书写错误。母亲慢慢害怕起来,既不敢赞扬我,又恐怕我难过,干脆不再读我的作品,闭口不谈了事。

我的文学活动虽然得到许可,但已受到冷落,处于半地下状态。然而我仍旧兢兢业业,无论课间休息、星期四①、假期,或者有幸得病躺在床上,从不间断写作,记得病后初愈是我美好的时刻。我用的是一个红边黑皮本,像织挂毯一样不断地拿起又放下。我不怎么演电影了,小说代替了一切。总之,我写作是为了取乐。

我把故事情节写得复杂起来,加进了错综复杂的插曲,把我所读的东西倾箱倒箧,好的赖的,一股脑儿塞进去。故事的

---

① 当时法国小学星期四不上学,现在是星期三下午放假。

进展虽然受到影响,但这对我倒是一个收获,因为不得不在情节之间外加衔接。这样一来,我抄袭的程度反而减少了一些。再说,我已具备两重性。前一年我"演电影"的时候,扮演我自己,把整个身心投入想象,不止一次真以为自己全部陷进去了。当上作者,主人公仍旧是我,即在他身上倾注了我史诗般的梦幻。同时,我和他又是两个人:他不叫我的名字,我讲到他时只用第三人称。我不再借给他举止,而用文字替他塑造一个身子,如见其人。这种"间隔"的结果有可能使我胆战心惊,其实不然,反倒使我十分高兴:我乐于是他,但又不完全是他。他是我的玩偶,我高兴怎么折腾就怎么折腾,对他严加考验,在他的胁部捅一长枪,然后照料他犹如母亲照料我,医治他犹如母亲医治我。我所喜爱的作者们多少还知道羞耻,一般中途适可而止,不走极端,甚至泽瓦科①书中的勇士也从来不跟二十个以上的恶棍对垒。我却把惊险小说写得更加惊险,干脆抛开真实性,把敌人增加十倍,把危险增加十分。《寻蝶记》中的年轻探险者为拯救他的未婚妻和未来的岳父,跟鲨鱼群浴血奋战了三天三夜,最后大海变得一片血红。还是这个勇士,受伤后,逃出一个强盗所围困的大农场,双手捂着肠子,穿过沙漠,在向将军当面禀报之前,决不肯让人家缝合他的肚子。稍晚些时候,还是这个勇士,改名叫葛兹·封·贝利欣根,单枪匹马打败了一支军队。一个人对抗所有的人,这是我的准则。我这种阴郁而崇高的幻想来源于我清教徒似的资产阶级个人主义的生活环境。

作为英雄,我向暴君作斗争;作为造物主,我使自己成为

---

① 米歇尔·泽瓦科是前面提到过的《帕达扬一家》的作者。

暴君。我从无害变成伤人。有什么东西能阻止我挖掉黛西的眼睛呢？我可以像拔去一只苍蝇的翅膀那样挖掉她的眼睛。我的心怦怦直跳，一边写道："黛西用手捂住眼睛：她瞎了双眼。"我感到恐惧，把笔搁下：我制造了一个不可挽回的小事件，使我的名誉颇受影响。我其实并不残忍，这不，我反常的乐趣立即变成恐惧。我吊销了所有的政令，用笔大涂特涂，使人无法认清，于是姑娘双眼复明，或干脆让她从未失明，但这个反复久久留在我的记忆里：我当真不安起来了。

小说中的世界也使我不安。有时候，我对写给孩子们看的冲淡了的屠杀场面感到厌倦，索性信笔写去，便在焦虑中发现各种恐怖事情都有可能出现。我发现一个面貌狰狞的世界，它恰恰否定了我强大无比的王国。我心想，一切都可能发生呵！这就是说，我能够想象一切。我哆嗦着，时刻准备撕掉自己的稿纸：我写下了不可思议的暴行。如果我母亲碰巧在我背后读到了，她一定会像抓到什么似的惊恐地大叫起来："多么可怕的想象啊！"她会轻轻咬着嘴唇，想说话而又不知道说什么，最后突然逃走了之：她的逃跑只能加剧我的焦虑。但是这跟想象没有关系。十恶不赦的暴行不是我发明创造的，而是像其他事情一样，在我记忆中发现的。

那个时代，西方世界死气沉沉，正是人们称之为"养尊处优"的年代。资产阶级没有明显可见的敌人，于是乎乐于疑神疑鬼，风声鹤唳，有意寻找某种忧虑，聊以解闷儿。譬如招魂术，降神术。勒高夫街二号，即我们对面的那幢楼里，有人转桌子。外祖母说，对面五楼占星师家干这事。有时她叫我们观看，我们赶巧看到几双手摁着独脚圆桌面，但有人走近窗口，拉上了窗帘。路易丝断言，这个占星师每天接待像我这种年龄的孩子,不过都是由母亲领去的。她说:"我亲眼看见他给他们做按手礼。"外祖父直摇头,尽管他反对这类名堂,但不敢嘲笑;母亲诚惶诚恐;外祖母破例地显得惊讶,不再抱怀疑态度。但最后他们达成了一致:"千万别介入,不会有好下场的!"当时流行神怪故事。持正统观点的报纸每周发表两三则神怪故事,以飨抛弃基督教信仰的读者,因为这些读者依然留恋着信仰的高雅。叙述者非常客观地报导某件令人惶惑的事情。这给实证主义提供了机会:事情不管怎样离奇,总包含着某种合理的解释吧。作者探求这种解释,发现后,忠实地向我们介绍,但立即巧妙地使我们意识到不足和浅薄。故事无非以疑问告终,让人寻味,但已足够说明阴间是存在的,这比直言阴间存在更令人生畏。

一天我打开《晨报》,不禁毛骨悚然。一则故事使我震惊,现在还记得标题:《树欲静而风不止》。夏日傍晚,一个女病人独身在农舍二楼的床上辗转反侧。一棵栗树从敞开的窗户向房间里伸进一个枝杈。楼下好几个人聚集在一起聊天,看着夜幕降临花园。突然一个人指向栗树说:"瞧!瞧!起风了吗?"大家不胜惊讶,走到台阶一看,一丝风也没有,但树叶却在颤动。就在此刻传来一声尖叫,病人的丈夫急忙奔上楼,但见他年轻的妻子直挺挺地立在床上,手指栗树,然后倒下猝然去世。这时栗树恢复了平日发呆的样子。她见到了什么呢?一定是某个疯子从疯人院逃出来,躲在树上装鬼脸吓唬人,按常情推测,不是疯子。难道有另外更合理的解释吗?但是……大家怎么没有看见他爬上树呢?怎么没有见到他爬下树呢?狗怎么没有叫唤呢?可是又怎么可能出事后六个小时在离农舍一百公里的地方抓住这个疯子呢?问题没有解答。叙述者笔锋一转,漫不经心地推断:"据林子里的人说,摇栗树枝的是死神。"我扔掉报纸,跺脚高喊,"不对!不对!"我的心跳得差点从嘴里蹦出来。一天,我在去里摩日的火车上翻阅阿歇特出版的年历,差点儿没昏厥过去:我看到一幅令人毛骨悚然的版画:月下码头,一个粗糙的长钳子伸出水面,夹住一个醉汉,拖入水底。画下方有一段文字说明,结尾大致是:"醉后幻觉呢?还是地狱微开?"我怕水,怕蟹,怕树,更怕书。我诅咒刽子手,故事里充斥着他们狰狞可怕的形象,然而我却模仿他们。

当然必须有一定的时机。譬如日暮黄昏,阴影笼罩餐室的时候,我把小书桌推到窗前,焦虑油然再起。我笔下的主人公个个高尚绝伦,起先怀才不遇,后来一鸣惊人,他们对我百依百顺,正说明他们毫无定见。这时候,它来了:一个使人晕头转向的生物吸引着我,但迷离恍惚,要看清,必须把它描摹下来。我赶紧结束正在展开的奇遇,把我笔下的各种人物带到地球的另一端,一般在海底或地下,我急于让他们面临新的危险,让他们临时充当潜水员或地质学者,发现那个怪物的踪迹,跟上去,突然与它相遇。与此同时,在我笔下出现火眼章鱼,二十吨重的甲壳动物,会说话的巨蜘蛛蟹。其实这个怪物就是我这个魔童:我的百无聊赖,我对死亡的恐惧,我的庸俗和反常。当时我并没有认出自己,邪恶的东西一经问世就跟我作对,跟我勇敢的洞穴学者们作对,我为他们担忧。我的心很激动,手不由己地写下一行一行的文字,好像在念别人写的东西一样。事情往往不了了之:我既不把人物丢弃给动物,也不让人物脱身,只不过让双方交交锋而已。第二天,我留下一两页空白,把我的人物投入新的行动。离奇的"小说",总是有头无尾,总是重新开章,或待下回分解,随意在别的标题下出现,凶杀故事,侠义奇遇,荒诞事件,词典条目,陈词滥调大杂烩。可惜这些东西全部丢失了,有时不免感到遗憾,如果当年想到保存,我便可以重温童年了。

我已开始发现自己。我几乎什么也不是,充其量在从事一项毫无内容的活动,但这已经足够了。我逃脱了喜剧:我还没有真下功夫,便已不再演戏了。说谎人在炮制谎言中发现了自己的真相。我在写作中诞生,在这之前只不过是迷惑人的游戏;从写第一部小说,我已明白一个孩子已经进入玻璃宫殿。对我来说,写作即存在;我摆脱了成年人,我的存在只是为了写作;如果我说:"我",这指的就是写作的我。不管怎么说,反正我领略了喜悦,我是属于大家的孩子,却和自己在私下幽会。

能长期如此就好了,这样默默地坚持下去,我就会言之由衷的。但是人家把我挖了出来。我已到了习俗认为资产阶级子弟应该显示志向的年龄。别人早就告诉过我们,我那些住在盖里尼的施韦泽表兄们将像父辈一样成为工程师。事关重要,刻不容缓。皮卡尔夫人决意首先发现我额头上的征兆,她信心十足地说:"这孩子是写作的人才!"路易丝听不入耳,一笑了之。布朗什·皮卡尔转身一本正经地向她重复道:"他确是写作的人才嘛!在他,写作是与生俱来的。"我母亲知道夏尔不鼓励我写作,生怕招惹是非,眯着一只眼睛打量我,一边:"布朗什,是这样吗?您当真这么想的吗?"晚上,我穿着衬衣在床上蹦跳的时候,她紧紧搂住我的双肩,笑着对我说:"我的小宝宝是写作的人才!"她谨慎小心地向我外祖父转告,生怕他发脾气。他只是点了点头。但到了星期四,我听见他向西蒙诺吐露,人到风烛残年,见到天才绽露,谁也压抑不住激动。他对我的涂鸦尽管仍然一无所知,可是当着请来吃饭的德国学生,他把手按在我的头顶上,不失时机地用直接教学法向他们传授法文短语:"他有文学头脑。"每个音节咬得清清楚楚。

其实他根本不信自己说的话。怎么讲?既然坏事已铸成,如果硬性不让我写作,也许更不可收拾,可能导致我一意孤行。卡尔宣布我的天职,为的是留个后路让我回心转意。他完全不是看破红尘的人,但人老了,激情使他厌倦了,在他思想深处这个很少有人问津的冷沙漠里,我相信他对我、对家庭、对自己是心中有数的。一天我趴在他脚下看书,大家沉浸在死一般的寂静里,这是他一手制造的。突然他心血来潮,打破寂静,好像我不在场似的,瞧着我母亲,用责怪的口气说:"要是他想靠笔杆子过日子,那就糟了。"外祖父欣赏魏尔兰①,有一本《魏尔兰诗选》,自称一八九四年见过魏尔兰醉醺醺走进圣雅克街一家酒馆。这次相遇使他根深蒂固地蔑视职业作家。在他看来,职业作家是微不足道的魔术师,开始索取一个金路易让人赏目,末了乞讨几个苏让人看屁股。我母亲听后心惊肉跳,但没有吭声。她知道夏尔对我另有期望。大部分中学里教德语的席位由选择法国国籍的阿尔萨斯人占据,这是对他们爱国主义的奖赏。他们夹在两个民族中间,讲两种语言,因此他们的学业不正规,文化有缺陷,为此很痛苦;他们抱怨在学校里受同事敌视,受教育团体排挤。我应该成为他们的复仇人,为我外祖父报仇,因为我既是阿尔萨斯人的

---

① 保尔·魏尔兰(1844—1896),法国著名象征派诗人。

外孙,又是正统的法国人。卡尔让我知识渊博,走康庄大道:我将代表受难的阿尔萨斯进入高等师范学院,出色地通过获得大中学校教师资格的会考,成为堂堂的文学教授。一天晚上,他宣布要跟我进行男子之间的谈话,让娘儿们退席。他把我抱在膝上,郑重其事地跟我交谈。我从事写作,这是毫无疑问的——后来我才明白他说此话为的是不挫伤我的愿望——,但我应当面对现实,头脑清醒,文学不能餬口啊。我知道有些著名作家是饿死的吗?我知道有些作家为了餬口而出卖灵魂吗?如果我想独立自主,应当选择第二职业。教书有空闲时间,而且大学教员和文学家所从事的工作是相辅相成的。我可以交替从事这两种神圣的职业,一方面跟大作家打交道,另一方面把他们的著作介绍给学生,我从中获得灵感,可以趁韵赋诗,把贺拉斯的作品译成无韵诗,聊慰客居外省的寂寞;给地方报纸写些文学小品,为《教学杂志》写一篇出色的希腊文教学论文,再写一篇关于少年心理学的文章。等我死的时候,抽屉里放着未发表的著作:一篇颂海沉思诗,一部独幕喜剧,几页关于奥里亚克①古迹的考证,既博学,又富有感情。这些足以汇集成册,将由我以前的学生精心出版。

一些时候以来,外祖父对我德行的赞赏已打动不了我了,他称我是"上天的礼物",颤抖的声音充满慈爱。我虽然假装听着,但已经听不入耳了。那次他肆无忌惮地对我说谎,我为什么会洗耳恭听呢?出于什么误会我使他说出违背心愿的教诲呢?他的声音变了,变得生硬、严厉,在我听来,俨然成了去世的生我者的声音。夏尔有两副面孔。当他扮演外祖父的时

---

① 奥里亚克,法国康塔尔省首府,以名胜古迹著称。

候,我把他看作跟我一样的小丑,对他不敬;但当他跟西蒙诺先生或跟他的儿子们谈话,当他在餐桌上一语不发,用手指点作料瓶架或面包篮,让两个女人伺候,我赞赏他的权威,尤其是食指的动作更叫我肃然起敬,他有意不把食指伸得很明显,只是半屈着在空中比画一下。使他的意图模棱两可,让两个侍女捉摸他的指令。有时,外祖母一不高兴,搞错了,把果酱盘递给了他,其实他要喝酒。我责怪外祖母:既然我对这种至高无上的愿望百依百顺,那么迎合这种愿望比满足这种愿望更为重要了。如果当年夏尔张开双臂,远远向我高喊:"这就是再生的雨果,这就是未来的莎士比亚!"那么我今天可能是机械制图员或文学教授了。他并没有这样做,在第一次以家长身份对待我时,显得闷闷不乐,由于忘记欣赏我,变得更加令人可敬。这是摩西在颁发新法令,即我要执行的法令。他在谈论我的天职时,只强调不利的一面,我得出的结论是他已确认我有此天职。如果他向我预言我的稿纸将浸透泪水,或将使我神经错乱,我的资产阶级中庸之道可能使我退下阵来了。然而他在让我深信具有天职的同时,使我明白我可以幸免令人眼花缭乱的紊乱,因为论述奥里亚克或教学法,既不需要狂热,也不需要喧嚣;至于二十世纪永垂不朽的呻吟,让别人去发泄吧。我甘心情愿永不叱咤风云,在文学领域满足于施展侍从的特长,温文尔雅,兢兢业业。至于职业写作,在我看来,似乎是成人的事,显得那么繁重严肃,那么无关紧要,而实际上又那么枯燥无味,以致霎时间我深信这种事正是为我安排的。我既认为此事"不过尔尔",又相信自己"确有天分",与所有耽于幻想的人一样,我把幻想的破灭混淆为真理的发现。

卡尔把我像兔子皮似的翻了个儿。我本以为写作只是为了固定我的梦境,卡尔的意思则相反,我梦想只是为了练笔:我的焦虑和我假想的激情只是我的天才施展的诡计,旨在每天把我引向课桌,给我提供适合我年龄的叙述主题,准备迎接将来有了经验和成熟之后对付大题目。我神奇的幻想破灭了。外祖父说:"唉!光有眼睛还不行,还要学会使用眼睛。你知道莫泊桑小时候,福楼拜让他干什么吗?他把莫泊桑拉到一棵树前,给他两个小时,让他把树描摹下来。"从此我学习观察。作为奥里亚克遗迹天生的颂扬者,我伤感地观看着眼前的文物:写字垫板、钢琴、挂钟将通过我未来的苦差而永垂不朽,为什么不可以呢?我观察着。这是一种令人失望和悲伤的游戏。譬如,直挺挺地站在丝绒轧制的扶手椅前仔细观看。有什么可讲的呢?喏,外面套着一块毛茸茸的绿色织物,两个扶手,四只脚,一个靠背,靠背上方装饰着两个木制小松果。暂且说这些吧,以后再补充,下一回我会讲得更好,最后将对扶手椅了如指掌。将来等我描写起扶手椅来,读者会说:"观察得多仔细,多透彻,多完整!这种特征是编造不出来的啊!"真实的笔,通过真实的文字,描写真实的事物。我倘若不变成真实的我,那才叫见鬼呢。简言之,我终于明白如何回答向我要火车票的检票员了。

读者一定以为我珍视我的幸福。糟糕的是,我并未从中体验到快乐。我已经正式受命,别人好心赐给我一个前程嘛。我声明我的前程似锦,暗地里却不胜厌烦。这个书记官的差使,难道是我请求得来的吗?跟伟人们频繁接触之后,我深信作家必定享有显赫的名声;拿人们为我预言的荣耀与我身后留下的几本小册子相比,我感到受骗上当了:我真能相信子孙后代读我的书吗？他们真能狂热崇拜这么一点作品吗？真能对我自己也望而生厌的科目发生兴趣吗？有时我安慰自己说，我的"风格"会使我不被遗忘，外祖父认为司汤达没有这种莫测高深的素质，而勒南①则具备。但这番毫无意义的话不能使我放心。

然而，我必须自我牺牲。两个月之前，我好斗剑、善竞技，这下全完了！人家责令我在高乃依和帕达扬之间选择。我撇下心爱的帕达扬，卑躬屈膝地选定高乃依。见到小英雄们在卢森堡公园奔跑角逐后，他们的健美使我沮丧，我明白我属劣等，必须公开承认自己属劣等，然后收剑入鞘，回到芸芸众生中来，重新跟大作家们为伍。他们个子矮小，我不怕。他们小时候，体格不健全，至少在这一点上我像他们：他们长大成人后，弱不禁风，老年时患卡他性炎，在这方面我也会跟他们一样。一个贵族让人对伏尔泰饱以老拳，我也许会挨某个上尉的鞭打，而此人小时候在公园里假充过好汉。

我是出于无奈才相信自己有写作才能。在夏尔·施韦泽的工作室里，在那些不成套的、破旧的、散线的著作中间，天才成了世界上最不值钱的东西。因此，在旧制度②下，很多军事院校的学生尽管命中注定只配舞文弄墨，却为了能指挥一个营而来受罪。有一个情景久久在我眼前不断出现，集中表现了名望带来的可悲排场：一张铺着白台布的长桌子，上面放着几个长颈大肚瓶橘子水和几瓶汽酒，我拿起一个酒杯，周围一些穿礼服的人——足有十五个——举杯祝我健康。这是一个

---

① 埃尔斯特·勒南(1823—1892)，法国宗教史家和语言学家。
② 指一七八九年前的法国封建王朝。

租来的大厅,我猜到我们身后那一部分布满灰尘,长期无人使用。由此看出,生活对我来说,是等到晚年能主持实用语言学院一年一度的庆典,除此之外,我已一无所求了。

就这样,在勒高夫街一号的六层楼上,铸下了我的命运。我和卡尔进行过无数次交谈,面对着海因里希·海涅、维克多·雨果,上方是歌德和席勒,下方是莫里哀、拉辛和拉封丹。我们赶走了娘儿们,紧紧搂在一起,秘密交谈,其内容对我来说犹如对牛弹琴,但每句话却印在我的心上。夏尔措词委婉,恰到好处,让我相信我并没有什么天才。确实,我知道自己没有天才,我无所谓;然而,可望而不可即的英雄主义却成了我激情唯一的目标。这是指引内心贫乏者的火焰,内心贫乏和感到自己无用,促使我抓住英雄主义舍不得放下。我不再敢对自己未来的丰功伟绩欢欣雀跃,再说我早已噤若寒蝉:人们想必是搞错了,要么有天才的是别的孩子,要末是我应该负起别的使命。晕头转向之余,为了顺从卡尔,我接受了小作家兢兢业业的生涯。简言之,他十分小心地防止我走文学道路,结果反倒促成了我的文学生涯。时至今日,有时心情不佳,不禁寻思,我长年累月、日以继夜地埋头写作,消耗那么多墨水纸张,抛售那么多无人请我写的书,这一切是否仅仅奢望取悦于我的外祖父。简直是一场闹剧:我现在五十多岁,为了执行一个早已离世的老人的遗志,深深卷入他所反对的事业中去了。

事实上,我活像从失恋中解脱出来的斯万,他感叹万分地说:"真想不到我为了一个对我不合适的女人而糟蹋了一生。"有时候我私下十分粗野,这种简便的方法有益于身心健康。粗野总是理直气壮的,但也有一定的限度。我确实不具备写作的天才,人家已经让我有自知之明了,认为我读死书,是一个死用功的学生;我写的书充满辛劳和汗水。我承认对那些贵族派来说我的书臭气冲鼻。我常常跟自己作对,也就是跟大家作对①,从聚精会神、全力以赴开始,以高血压、动脉硬化告终。我接受的命令已经缝在我的皮肉里,要是一天不写作,创伤就会作痛;要是下笔千言,创伤也会作痛。这种刺人的约束至今仍使我感到格外生硬和粗鲁,犹如史前的螃蟹,被海水冲上长岛的海滩,像煞有介事;也像螃蟹那样,幸免于时光的磨损而留存下来。我久久羡慕拉塞佩德街的看门人,夏日傍晚,他们在人行道上乘凉,跨坐在椅子上,眼睛无伤大雅地四处张望,却不负有观察的使命。

不过话说回来,除了几个靠舞文弄墨卖俏的老头和一些文理不通的花花公子之外,轻而易举成才的并不存在。这是语言的性质所决定的。我们说话用的是自身的语言,写作的语言则是非固有的,从而我推断干我们这行的人无一例外,个个服苦役,人人刺花纹。再说,读者已经看出我憎恨我的童年以及童年残存的一切。例如我外祖父的声音。正是这个声音使我启蒙,使我伏案写作。如果他的声音没有化成我的声音,如果我在八岁至十岁之间没有傲慢地把所谓迫切需要的使命引为己任,尽管我是委曲求全接受的,那么我就不会听信外祖父了。

我深知我只是一台造书机。

——夏多布里昂

① 你沾沾自喜,别人乐于喜欢你;你攻击你周围的某个人,其他的人哈哈大笑;但倘若你解剖你自己的灵魂,所有的人就会嗷嗷叫。——作者原注

我差一点儿宣布弃权。卡尔勉强承认我有天资,因为他认为完全否认我的天资不够策略,其实我认为自己的天资仅仅是一种偶然性,不过这一偶然性无法给予另一种偶然性——我本人——合法地位。我母亲有一副好嗓子,所以她唱歌,但她同样不能因此而免票旅行。至于我,我有文学天资,所以我写作,一辈子干这个好差使。不错。但是艺术失去了——至少在我看来——神圣的权力,我飘忽不定,只是稍微富足一点,仅此而已。为了使我感到必不可少,必须有人请我出山。家人曾一度让我保持这种幻想,他们一再说我是上天送来的,千载难逢,对外祖父,对母亲不可缺少。我不再相信了,感到人生多余,除非专门满足某种期待而出世。那时候我的自尊和我的孤独达到了顶点,我真想,要么一死了之,要么全世界都在盼望我。

我写不下去了。皮卡尔夫人的赞扬使我笔下的内心独白显得如此了不起,我不敢再继续写下去。等我想把小说往下写,心想总得把让我撇在撒哈拉大沙漠中挨饿的、无依无靠的一对青年救出来吧,我尝到了无能为力的痛苦。刚一坐下,我的脑袋就乱作一团,我咬指甲做鬼脸:我已经失去了童心。我重新站起来,在房间里踱来踱去,心里火烧火燎,可惜心中从未点燃过怒火。环境、兴趣、习惯养成我很听话,后来只是因为顺从过了头才造反的。家人给我买了一个"作业本",红边黑布面,外表跟我的"小说簿"没有丝毫区别。乍一看,学校作业和个人习作合二为一了;我把作者和学生,把现时的学生和未来的教师视为一体,把搞创作和教语法看成一码事。我的笔一经社会化,便被我扔下了,整整好几个月没有再碰过。外祖父暗自庆幸,而我在他的工作室里则整天板着脸,他大概在心里盘算,他的计谋初见成效了吧。

他的计谋失败了,因为我满脑子是英雄史诗,我的剑虽则断了,我虽则重归庶民行列,但夜里经常做令人焦虑的梦:我在卢森堡公园水池旁,面对参议院大楼,必须保护一个金发小姑娘免受某个未知的危险,她很像一年前死去的薇薇。小姑娘冷静而自信,眼睛严肃地看着我,她手里拿着一个铁环。害怕的倒是我,我怕她落到隐蔽的强人手里。我多么喜爱她,但爱莫能助啊!至今我对她还眷恋不已。我寻找她,失而复得,把她抱在怀里,又重新失去:她就是史诗。八岁那年,正当我逆来顺受的时候,我受到了强烈的震惊,为了拯救这个死去的小姑娘,我致力于一个简单而疯狂的行动,以致改变了我的生涯:我把英雄的神圣力量偷偷地赋予了作家。

起初我得到一个新发现,确切地讲是一种模糊的回忆,因为两年前我已经有所预感,即伟大作家和游侠骑士很相像,因为两者都使人感恩戴德。对帕达扬,毋庸置疑,感激涕零的孤女泪如雨下,洒落他一手背。但按《拉鲁斯大词典》和报上登的讣告来看,作家也不乏厚待,只要他们不短命,总能收到一封陌生人的感谢信。此后,感谢信源源不断,堆满他的写字台,充斥他的房间;外国人远涉重洋向他致意;他的同胞在他死后凑钱为他树纪念碑;在他的故乡,甚至在首都,以他的名字命名街道。对感恩图报本身,我不感兴趣,太像家庭喜剧了。但有一幅木刻画使我神魂颠倒。著名小说家狄更斯几小时后将到达纽约,远处可见他乘的船。岸上人群麇集,恭候着他,人人张大口,挥舞帽子,孩子们夹在当中喘不过气,此时人群好似独雁、孤儿、寡妇,由于心目中的人不在而显得黯然寂寞。我喃喃自语:"这里独缺一人,此人就是狄更斯!"泪水润湿了我的眼睛。然而,我暂且不管结果,直接追溯其根源,心想,受到如此狂热的欢迎,文人必然历尽艰险,为人类做出了辉煌的贡献。至此,我一生只见过一次如此狂热的场面:帽子满天飞,男男女女高呼万岁,那就是七月十四日阿尔及利亚步兵列队游行。这个联想使我进一步深信,我的同行尽管生理有缺陷,矫揉造作,娘儿们模样,却很有士兵气概。他们单枪匹马,冒生命的危险,进行着神秘的战斗,人们仰慕他们的天才,更崇敬他们军人般的勇气。我心想,这是千真万确的喽!人们需要他们!当他们还未发表第一本书,当他们还未开始写作,当他们还未出世,在巴黎,在纽约,在莫斯科,人们已经焦急不安地,或如醉如痴地等待他们了。

那么……我呢?我负有写作的使命吗?反正人们在等待我。我把高乃依改编成帕达扬,让高乃依保留畸形的腿,狭窄的胸,苍白的脸,但闭口不谈他的吝啬和贪财。我有意混淆写作艺术和行侠仗义。出于好玩,我把自己打扮成高乃依,自授委任状:保护人类。我的新伪装为我准备了一个奇特的未来,但就眼前来讲,我捞到了一切好处。我出身低微,说过要尽一切努力脱胎换骨。无辜的受难者频频求告我出世为他们主持公道,请别见笑,我是假骑士,丰功伟绩尽是假的,变来变去,最后自己也厌烦了。正好这时我获准幻想,并让幻想变成现实。因为我的使命是真实的,不容怀疑的,大主子已拍胸脯担保了嘛。我这个假想的小子变成了真正的侠客,其功绩就是真正的书籍。我是人们所需要的啊!人们等待着我的著作。但尽管我很卖力,第一卷要等到一九三五年才问世。将近一九三〇年人们开始不耐烦了,他们凑在一块儿议论:"他倒不着忙!咱们喂了他二十五年,什么结果也没有!难道到老死还看不到他写的书吗?"其实我在一九一三年已经回答他们了:"嗳!让我慢慢写嘛!"但是说得十分客气。我看得出——只有上帝知道为什么——他们需要我援救。这种需要使我具备使之满足的手段,我竭力在自己心灵深处发现这种普遍的等待。发掘我生命的源泉,寻找我存在的理由。有时我简直以为就要成功了,但没多久,又听其自然了。管他呢,反正这种自欺欺人的感悟够我受用的了。安下心之后,我观看外部世界:或许在某些地方我已经是不可缺少的了。不,还没有,为时尚早。我是人们望眼欲穿的对象,尚未脱颖而出罢了,乐得再隐姓埋名一阵子。有时候外祖母带我去图书阅览室,我看到苗条的夫人们从一个书柜移向另一个书柜,若有所思,因找不到合她们口味的作者而表现出嗔怪的神情。合她们口味的作者无处可寻,因为就是我,即在她们裙边磨蹭的小鬼,她们却根本不把我放在眼里。

我因淘气而发笑,因感动而哭泣。短暂的童年消磨在假想中,而假想出来的兴趣和主意也随即消逝了。人们想摸我的底,结果碰了钉子:我是作家,有如夏尔·施韦泽是外祖父,天生而永恒的。不过有时兴奋之余,不免产生不安。卡尔替我担保的天资,我不肯承认是偶然获得的。于是设法搞一份委任状,但因缺乏鼓励和正式请求,我不能忘记是自己给自己授的委任状。我出身于一个完全过时的世界,在刚脱胎成为我,即我自以为是别人眼中的那个"别人"的时候,我正视自己的命运,清楚地看到我的命运不是别的,正是自由,正是我自己所确定的自由,看上去却像是外部力量强加给我的。总之,我既不完全迷糊,也不完全觉醒,我游移不定。这种摇摆引起一个老问题:如何兼收并蓄米歇尔·斯特罗戈夫的坚信和帕达扬的侠义。我身为骑士,却从未接受过王公大臣的命令。那么是否需要有命令才能当作家呢?这类苦恼一向持续不了多久,我夹在两种对立的神秘学说中间,但对两者的矛盾应付裕如。上天的礼物和自己的产物熔于我一身,这对我非常合适。在我兴高采烈的日子,一切来自于我。我凭着自己的力量,从虚无中冒出来,给人类带来盼望已久的读物;我是百依百顺的孩子,至死不变,但只顺从我自己。在我愁眉苦脸的时刻,感到我的飘忽游离庸俗得令人作呕,只能强调上天降我以大任,才能使自己冷静下来。我吁请人类对我的生命负责,这时我只不过是某种集体需求的产物。大部分时间,我精心协调内心的平衡,既不排斥振奋人心的自由,也不忽视顺理成章的必然。

帕达扬和斯特罗戈夫可以和睦相处,危险在别处。有人让我目击一场令人不快的较量,从此我不得不谨慎从事,对此泽瓦科应负主要责任,我可没有怀疑过他呀,他到底是想找我的麻烦还是提请我注意?事情是这样的。一天在马德里郊外一所小客栈里,我目不转睛地瞧着帕达扬,这位老兄举杯自酌,好不闲适。但引起我注意的是另一个饮酒人,此人只能是塞万提斯。他们两人结识,互相敬重,企图携手协力。高兴至极的塞万提斯向他的新朋友透露写书的想法,至此,书的主人公尚未成形。感谢上帝,帕达扬出现在他眼前,可以给他当模特儿啦。我勃然大怒,差一点把书扔掉:多么没有分寸啊!我是作家兼骑士,人家把我劈成两半,每一半成了一个整人,两方相遇,各方不再具备对方的特点。帕达扬不愚笨,但根本写不出堂吉诃德;塞万提斯也会打架,但让他单枪匹马打败二十个大兵却办不到。他们的友谊本身说明他们的局限。前者想:"这个学究有点虚弱,但不缺乏勇气。"后者想:"咳!这个兵痞还会动脑筋呢。"再说,我可不乐意我的英雄做愁容骑士的模特儿。我演电影那阵子,有人送我一部《堂吉诃德》的删节本,没有念五十页就丢下了,因为作者公然嘲笑我的丰功伟绩。而现在泽瓦科把自己出卖了……相信谁好呢?实际上,我是荡妇、营妓。我心里,我卑怯的心里喜欢冒险家胜过知识分子。我为只能当塞万提斯而感到羞愧。为阻止自己泄露真情,我在自己的头脑里和在自己的言语中实行恐怖统治,追踪具有英雄气概的字眼和行为,驱逐游侠骑士,不断设想文人的模样、他们经历的危险、他们鞭笞坏人的锐利笔锋。我阅读《帕达扬和福丝塔》《悲惨世界》《历代传说》①,为冉阿让②悲伤,为埃维拉德斯③哭泣,但掩卷之后,便把他们忘得一干二净,找我真正的部下去了。西维奥·贝科科④,终身监禁;安德烈·谢尼埃⑤,上断头台;埃蒂安纳·多莱⑥,活活烧死;拜伦⑦,为希腊捐躯。我以镇静而热烈的情绪,千方百计改变我的天职,让它披上我旧时的梦想。为此目的我不惜任何代价:

~~~~~~~~~~~~~~~~

① 雨果的第十本诗集(1859),也是他规模最大的史诗选本,几乎集中了他对人类历史的看法。
② 雨果代表作《悲惨世界》的主人公。
③ 《历代传说》中的人物。
④ 西维奥·贝科科(1789—1854),意大利作家。因参加烧炭党而被判死刑,后缓刑,坐牢九年。他写的《监狱回忆录》使他享有受侮辱的爱国者的盛誉。
⑤ 安德烈·谢尼埃(1762—1794),法国诗人,因反对大革命的过激措施而上断头台。
⑥ 埃蒂安纳·多莱(1509—1546),法国人文主义者和印刷师,因不顺从教会而被绞死。
⑦ 拜伦(1788—1824),英国大诗人,因参加希腊反对土耳其统治的解放斗争而死于希腊。

混淆概念,歪曲词义;我退出凡尘,生怕碰到坏人和与人较量。我的心灵原先一片空白,现在处于持久的总动员状态:我成了军事独裁的化身。

我的不安还以另一种形式表现了出来。磨练我的天才,当然再好没有,但有什么用处呢?人们需要我:为的是什么?我不幸自忖我的作用和命运:"这到底是怎么回事?"顿时,我感到一切都落空了:根本没有这回事儿。想当英雄就是英雄,没有这回事儿。光有勇气和天资是不行的,还得有七头蛇①和龙,而我又从未见过。伏尔泰和卢梭当年披甲奋战,是因为当时还有暴君肆虐。雨果在盖纳西岛无情地抨击巴丹盖,外祖父教会我痛恨巴丹盖。但我认为我的痛恨没有什么了不起,因为这个皇帝四十年前就死了。对当代史,夏尔闭口不谈,这个德雷福斯派从不跟我提起德雷福斯。多么遗憾!要不然我可以大演特演左拉②:我受斥走出法庭,登上马车的踏板,一个转身,打断一批狂热者的腰。不,不,我找到一个可怕的字眼,把他们吓退了。之后,我当然不肯逃亡英国,我宁愿神不知鬼不觉地在巴黎街头游荡,乐滋滋地重新变成格里塞利迪斯,丝毫没想到先贤祠里已留出我的位置。

我记得,外祖母每天收到《晨报》和《精粹日报》。我得知大盗的存在后,跟所有教养有素的人一样,大加谴责。但这批人面兽心的家伙跟我不相干,大无畏的莱皮纳③足以把他们

---

① 典出希腊神话。七头蛇生有七个头,斩去后仍会生出,后为赫剌克勒斯所杀。这里说到七头蛇和龙,是指英雄需有用武之地。
② 左拉是为德雷福斯平冤狱的主将。
③ 路易·莱皮纳(1846—1933),第三共和国期间任警察局长。

打得落花流水。有时报上说工人发怒了,接着工厂倒闭,资本不翼而飞,我不甚了了。再说,我不知道外祖父是怎么想的。他不折不扣地履行选民的义务。每当他走出选举人秘密写票室,满面春风,显得有点自命不凡,我们家的妇人逗他:"喂,跟我们说说你投谁的票啦!"他冷冷地回答:"这是男人的事情!"①但在后来选举共和国新总统时,他一时失口,说出己见。他瞧不起总统候选人庞斯,气冲冲嚷道:"他是卖香烟的!"这个小资产阶级知识分子愿意法国的最高职务由另一个跟他地位相等的小资产阶级知识分子担任,此人叫普万卡雷②。今天我母亲证实他投激进派的票,而且当时她就知道得一清二楚。他看中公务员的政党毫不奇怪,再说激进派已名存实亡。夏尔投票给一个主张变革的党,实际上选举的是一个维持秩序的党也就心满意足了。总之,照他说来,法国的政治颇为健全。

我为此感到伤心,因为我已经全副武装,以备保护人类避免可怕的危险,可是大家都劝我放心,说人类日臻完善。外祖父一向教我尊重资产阶级民主,让我为之执笔作战。但在法利埃③当总统期间,农民已经有了选举权,还有什么不满足的呢?有幸生活在共和国时代的共和党人能干些什么呢?无事可干,要不然教教希腊文,写写奥里亚克的名胜古迹。我又回到了起点,这个无冲突的社会使作家失业,我再一次感到窒息。

依然是夏尔使我摆脱困境,当然他自己并未察觉。两

---

① 当时妇女没有选举权。
② 雷蒙·普万卡雷(1860—1934),于一九一三年当选为法国总统。
③ 阿尔芒·法利埃(1841—1931),普万卡雷的前任总统。

年前,为了对我进行人文主义的启蒙教育,他给我讲过一些思想,之后只字不提了,生怕促使我过激,但已经深深印在我的脑子里。这些思想悄悄地抬头,其主要精神在我身上扎根,渐渐使作家兼骑士转变成作家兼殉道者。我前面说过,夏尔虽然不愿当牧师,却继承了父亲遗志,保留了牧师精神,把文化奉为神明。从这种混合物产生的圣灵,即无限的本质,照耀着文学与艺术,古代语言与实用语言以及直接教学法。这种教学法的采用犹如白鸽子给施韦泽一家带来吉祥,吉祥的鸽子星期天随着教堂管风琴、乐队的音乐而飞翔,平日上课时如福星高照在我外祖父的脑门上。卡尔所说的话在我脑子里汇总起来形成一篇论文:世界受邪恶蹂躏,唯一的解救是自灭于人间,像落水者在海底仰望星空一样瞻仰不可能实现的理念。由于这差使很难办到且带有危险,人们便把它委托给一批专家。学士圣人以天下为己任,扭转乾坤拯救人类。大大小小的世俗猛士们可以尽情互相残杀或苟且偷生,反正有作家和艺术家替他们思考美与善。使人类摆脱野蛮状态,只需两个条件:其一,严加保管已故学士圣人的圣物:油画,书籍,塑像;其二,至少剩下一个学士圣人继承苦差、炮制未来的圣物。

这些无聊的胡诌,我生吞活剥,当然不甚了了,二十岁的时候还信以为真呢。由于这些胡诌,我在很长的时间里把艺术作品看做超验的成果,以为每个作品的产生都有益于世人。我发掘出这种极端的信仰后,攫为己有,装潢我平庸的天职。先前,仇恨和刻薄跟我无缘,跟外祖父缘分也不深,而这时我已兼收并蓄,福楼拜、龚古尔、戈蒂耶的旧怨积恨使我中毒了。他们对人抽象的恨以爱的幌子灌输到我身上,使我感染上新的自负。我成了清洁派①,混淆了文学和经文,把文学视为人的一种牺牲。据我判断,我的同胞们只要求我用笔赎救他们,他们为先天不足而痛苦。要是没有圣人代他们祈祷,他们将永世不得翻身;每天早晨我之所以睁得开眼睛,跑到窗口看到街上来往的先生太太还活着,那是因为有一个人在家干活,从黄昏到黎明孜孜不倦地撰写一页页不朽的篇章,使我们赖以多活一天。每当夜幕降临,他重新埋头工作,今晚、明晚,一直到耗尽心血死去。我应接这个班,也要用我神秘的祭品,即我的作品,保护人类不滚入万丈深渊,此时军人悄悄让位于文人:我这个悲惨的帕西法②,把自己当作赎罪的祭献品。我发现尚泰克莱③之日,心上就起了一个结,一个怨结,过了三十年才解开。这只公鸡尽管挨打、受伤、流血,但依然设法保护住一窝家禽。他嘹亮的鸣啼足以吓退雄鹰,而卑鄙的芸芸众生对他冷嘲热讽之后极力奉承;鹰消失之后,诗人重整旗鼓,美激发他的灵感,大大增强他的力量,于是乎他扑向对手,把对手打倒在地。我痛哭起来,格里塞利迪斯、高乃依、帕达扬原来是同一个人,那么尚泰克莱便是我了。在我看来,一切都显得简单了:写作就是给诗神的绶带锦上添花,为后人树立榜样,保护人民不伤害自己和抵御敌人,以隆重的弥撒祈求上天保佑人民。我从来没有想到写作可以提供人家阅读。

我们要么为同胞写作,要么为上帝写作。而我决心为上

---

① 清洁派,又称卡特里派,十二、十三世纪流行于西欧的基督教异端教派,该派信奉新摩尼教二元论,宣传善恶二元论,视物质世界为恶。
② 帕西法是瓦格纳三幕五场歌剧《帕西法》的主人公。这部作品肯定了善胜恶的力量,艺术家的牺牲使人类获得再生。萨特对此加以讽刺。
③ 法国诗人和剧作家爱德蒙·罗斯唐的《尚泰克莱》是一出情节剧,主角是一只公鸡,名叫尚泰克莱。此剧在作者死后才搬上舞台。

帝写作,目的在于解救同胞。我要的是感恩者而不是读者。目中无人败坏了我的侠肝义胆。在我保护孤女的那阵子,已经嫌她们碍我的手脚,不让她们露面了。成为作家后,我的方法没有改变,在拯救人类之前,我先把人类的眼睛蒙上,然后才转身刺杀敏捷的小黑兵——文字。当我的新孤女斗胆解开蒙眼带时,我已离去甚远。一个孤胆英雄救了她,她却没有及时发现国家图书馆的一个书架上光彩夺目地陈列着一本崭新的书,书上印着我的名字。

我申诉减轻罪行,减罪的情节有三:

首先,我通过一个显而易见的幻觉,实际上提出的问题有关我自身的生存权利。我想象中的人类期待艺术家发善心超度他们,人们不难从中看到,这不过是一个备受宠爱、在他栖身的高处百无聊赖的孩子产生的念头。我接受圣人拯救百姓这个可恶的神话,因为归根结底百姓就是我自己。我自称是受百姓拥护的救星,其实私下里为我自己得救。巧哉,耶稣会士也是这么说的。

其次,我时年九岁,独生子,没有伙伴。我想象不出我的离群索居会有尽头。应当承认我是一个根本不为人知的作者。我重新开始写作,我的新小说因缺乏新内容,跟旧小说如出一辙,但谁都没有察觉,甚至连我自己在内,因为我讨厌重读自己的作品。我的笔飞奔疾驰,经常写得手腕发痛,然后把涂写完的本子丢在地板上,忘得一干二净,本子也不翼而飞了。正因为如此,我写东西从来就是虎头蛇尾:既然故事的开头没有了,何必再讲它的结尾呢。再说,即使卡尔肯对这些篇章看上一眼,他决不会是我眼里的读者,而是至高无上的判官,怕他说我一钱不值。写作成了我的黑活儿,毫无归宿,因此写作本身成了目的：我为写作而写作。但并不后悔。要是我写的东西供人阅读，就会千方百计讨人喜欢，从而再当别人的心肝宝贝。我转入地下后，反倒真实了。

最后，文人的理想主义建立在孩子的现实主义之上。前面已经说过，在通过语言发现世界的过程中，我在很长时间内把语言看成世界。存在，就是对语言的无数规律运用自如，就是能够命名；写作，就是把新的生灵刻画在语言里，或者按我始终不渝的幻觉，把活生生的东西禁锢在字里行间；如果我巧妙地搭配词语，事物就落入符号的网里，我便掌握住事物。在卢森堡公园，开始对一棵梧桐闪烁的幻影着迷后，我并不观察树本身，相反，我望着空处，满有把握地等待着；片刻之后，树叶的真面貌以一个简单的形容词出现，或者有时以一个句子出现。总而言之，我以微微荡漾的绿波丰富了宇宙。我从不把新发现存放在纸上，而是积累在我的记忆中，其实也就遗忘了。但这个新发现使我预感到我未来的作用：我给事物命名。好几个世纪以来，奥里亚克一堆堆白白的废墟需要确定范围，获得名称，我可以使这些废墟变成真正的古迹。作为生命的操纵者，我只注意古迹的本质，用语言使古迹获得生命；作为修辞学家，我只爱词语，用语句在蓝字织成的天幕下树立起教堂，为千秋万代而建筑。我拿起一本书，打开和合上二十次也没有用，书依然如故。文章是永不腐朽的实体，我的目光在上面移动，犹如表面掠过一阵微波，丝毫不影响和耗损文章，我则相反，好似一只昏头昏脑的苍蝇，懵懵懂懂闯进炫目的火光，稍纵即逝。我离开书房，熄灭灯光，书隐蔽在黑暗中，却依然闪着光彩，只为自身闪光。我要使我的著作放射耀眼的光芒；当人类消失，图书馆沦为废墟，我的书仍旧存在。

我对这种默默无闻的状况感到心满意足,希望延续下去,使之成为一种功德。我羡慕那些著名的囚犯,他们在黑牢里把作品写在包蜡烛的纸上,不必与同代人联系,但保留了赎救同代人的义务。自然,由于风俗日趋进步,在监禁中发挥我天才的机会日渐减少,但我没有完全死心:我如此不计较名利一定会感动苍天软下心来助我夙愿得偿。我暂且先把自己禁锢起来。

母亲受了我外祖父的哄骗,不断给我描绘未来的幸福;为了诱惑我,她把自己所缺的一切一股脑儿地加进我未来的生活:安宁,闲适,和谐。开始,我将是单身青年教师,一个漂亮的老妇人租给我一间舒适的房间,薰衣草香气袭人,内衣被褥整洁清爽,学校近在咫尺,来去方便;傍晚我在房门前稍稍停步,跟房东太太闲聊两句,她受宠若惊;大家都喜欢我,因为我彬彬有礼,教养有素。可是只有一个词进了我的耳朵:你的房间。至于中学、高级军官的寡妇房东、外省产的薰衣草香味,已忘得一干二净,眼里看到的只是桌上一圈灯光,周围影影绰绰,我坐在房间中央,面前放着一本黑皮簿子,正伏案写作呢。母亲继续预言,十年之后,我受到一个中学总监察的保护,厕身奥里亚克的上流社会,我的贤妻对我体贴入微,我让她生下二男一女,孩子们美丽健康;她继承了遗产。于是我在城边买了一块地,兴建房子,每星期天全家去视察工程。我毫不理会她那一套,十年里我没有离开过写字桌:我,矮矮的个儿,蓄着跟父亲一样的小胡子,埋在一堆词典里,胡子已经发白,字仍写得飞快,簿子写完一本扔一本。夜阑人静,我的妻子和孩子已经入睡,要不然他们已不在人世,我的房东也入睡了,所有入睡的人一概把我抛到脑后。多么孤单啊!二十亿人躺着安睡,唯有我,孑然一身为他们站岗放哨。

　　但是圣灵在注视我,正巧他刚决定抛弃芸芸众生,重返天国。我抓住时机自荐,让他看看我心灵的创伤和浸透稿纸的眼泪,他从我双肩的上方往下看稿,他的怒火平息了下去。他平静下来,是有感于深切的痛苦,还是因作品华丽而动心?我猜是因为作品,心里却不禁想是因为痛苦。当然圣灵只欣赏真正有艺术价值的作品,但我读过缪塞,知道"绝望之声是最美的歌",所以才决定设下绝望的陷阱来捕捉美。我对天才一词总是将信将疑,到头来对这个词完全厌恶了。如果我有天资,那么还会有什么焦虑?考验又在哪儿?抵制邪念表现在哪儿?功绩在哪儿?我不能忍受一个躯体天天顶着同一个脑袋,不能让自己老关在同一个骨架里。我接受我的任务,条件是这项使命无所凭借,在绝对的真空中闪亮。我跟圣灵进行过秘密交谈,他对我说:"你将来从事写作。"我扭着手不好意思地问道:"您干吗选中我呀,上帝,我有什么特别呢?""毫无特别之处。""那为什么选中我呢?""没有理由。""至少我一挥而就,是吧?""根本不对,你以为伟大的作品出自一挥而就之手吗?""上帝啊,既然我如此一钱不值,那我怎么写得成一本书呢?""靠你的勤奋。""这么说,谁都能写书喽?""谁都能写,但我选中的正是你。"我这般弄虚作假倒也省事,一则可以宣称自己无足轻重,再则可以敬仰自己是未来杰作的作者。我被选中,纯系天命,并非因为我有奇才;一切全仗我持之以恒,吃苦耐劳。我否认自己有任何奇特之处:人一旦有特色就显得突出;我没有什么信仰,只是忠于严肃的誓言:经过吃苦,达到光辉的顶点。唯一的问题是要知道吃什么苦,耐什么劳,但看来这个问题难以解决,因为我无法指望生活贫困。

默默无闻也罢,声誉卓著也罢,反正教育部的预算里有我一份,决不会饥肠辘辘。我给自己设想痛心疾首的失恋,但劲头不大,因为我讨厌窝囊情人。我对西哈诺①很反感,这个假帕达扬在女人面前装疯卖傻。真正的英雄身后拉着一串女人的心,而且满不在乎。应当指出,西哈诺的情人薇奥列塔之死使他心碎,从此他一蹶不振。失去情人,为了一个女性而受到无法医治的创伤,但不是由于她的过错:这使我拒绝一切其他女人的追求。这令人深思。但不管怎么说,就算我的贤妻死于事故,这一不幸还不足以使我荣膺天命。因为事故出于偶然,而且屡见不鲜。最后我的狂怒战胜了一切。某些作家受嘲弄,吃败仗,一辈子蒙受耻辱,过着暗无天日的生活,等到他们断了最后一口气,荣华才覆盖尸体,这就是我的未来。我兢兢业业地对奥里亚克及成群的塑像大书特书。由于无法怀恨,便只求和解与效劳。但我第一本书刚出版就掀起轩然大波,我成了众矢之的,奥弗涅报刊辱骂我,商人拒绝招待我,愤怒者往我家窗户扔石头。为了不被活活打死,我只得逃走。我受到了劈头盖脸的打击,开始几个月痴头呆脑,不断喃喃自语:"一定是误会,得了!大家都是好人,何必呢!"事实上确是一场误会,但圣灵不许解除误会。后来我慢慢恢复了元气。一天,我在桌旁坐下,开始写一本新书,有关大海或有关山脉,但这本书找不到出版商。我逃命、伪装,也许流亡,但继续写作,写了很多其他的书。我用韵文翻译贺拉斯,对教育学提出朴素而合理的想法。毫无办法,我的手稿塞满了一箱子,未能出版。

---

① 指爱德蒙·罗斯唐的喜剧《西哈诺·德·贝吉拉》中的主人公。

故事有两种结局,随我的脾气,任选一种。郁郁寡欢的日子,我看到自己躺在一张铁床上,奄奄一息,受人憎恨,绝望得不堪回首。正在这时,荣耀从四面八方降临。有时我也让自己快活一下。五十岁那年,为了试一支新笔,我在一本手稿上写了自己的名字,这本手稿不久遗失了。有人在顶楼上,或在小河旁,或在我刚搬完家的壁橱里,反正找到了这本手稿,念完之后,感动不已,把手稿送到米歇尔·泽瓦科的最有名气的出版家阿泰姆·法雅那里。成功至极,一万册两日之内一售而空。万人悔恨当初有眼无珠,记者成百出动寻找我,但找不到。我因为隐居,很久才知道舆论的骤变。终于有一天,我走进一家咖啡馆躲雨,无意中看到一份丢在一旁的报纸,大吃一惊,报上写着:"让-保尔·萨特,隐姓埋名的作家,奥里亚克的歌手,大海的诗人",用大写字母在第三版上占了六栏。我大喜若狂,不,我既快活又伤心。总之,我回到家里,关上门,在房东的帮助下,用绳子捆好手稿箱,寄给了法雅出版社,但没有留下地址。故事编到这里,我暂停下来,津津有味地加油加醋:如果我从住的城市寄发邮件,记者会很快发现我的隐居地。于是我把箱子带到巴黎,交给警察局,让人转送给出版商。乘火车返回之前,我回到童年的住地:勒戈夫街,苏弗洛街,卢森堡公园。巴扎尔酒吧引起我的注意。记得外祖父——这时已故——一九一三年有时带我去那儿,我们并肩在一张长凳上坐下,大家羡慕地瞧着我们。外祖父要了一大杯啤酒,给我要了一小杯,我感到他对我爱护备至。而这时我已是四十岁左右的人,出于怀旧,推开酒吧的门,要了一小杯啤酒。旁边一桌年轻美貌的妇女正交谈得十分热烈。她们提到了我的名字,其中一个说:"嗳!可能他是个老头,丑八怪,但不要紧,要是能嫁给他,我情愿牺牲三十年。"我向她微微一笑,微笑中夹杂着骄傲和忧伤,她不胜惊讶地回我一笑。我站起来,消失了。

我费了很多时间精心编造了这段插曲以及无数其他的枝节,此处不一一赘述。从这个插曲中读者可以看出我童年时对未来的憧憬,当时的处境,六岁时的杜撰,怀才不遇的游侠骑士所发的牢骚。九岁那年,我仍旧牢骚满腹,觉得赌气也其乐融融哩。作为无法逃避的殉道者,我硬是不肯让误会解除,甚至圣灵好像也不耐烦了。为什么不向这个极可爱的仰慕者透露我的姓名呢?我自问自答,嗨!她仰慕得太晚了。——不过,既然她不顾一切愿意嫁给我?——但我太穷呵!——太穷?那么作者版税呢?连这个反驳也阻挡不住我。我写信给法雅,让他把属于我的钱分发给穷人。但故事总得要有个结尾啊,结局是我缓慢地死在房间里,无人理睬,但死而无怨:使命已告完成。

在这个改编了无数次的故事中有一件事使我震惊:从我看到我的名字见报之日起,我这部机器某处出现断裂,完蛋了。我不胜忧伤地享有盛誉,但已写不出东西了。两种结局其实是一致的:等到死才获得荣耀,或荣耀先降临然后把我置于死地,总之,写作的欲望包含着对生活的绝望。将近这个时期,一则轶事使我心绪不宁,记不起是在什么地方读到的,反正是上个世纪的事。在西伯利亚大铁路的一个小站上,一个作家踱来踱去,在等火车。一眼望去,连一座破房子也没有,寂寥无人影。作家耷拉着脑袋,闷闷不乐。他眼睛近视,单身独处,样子粗俗,性子火暴;他百无聊赖,老想着前列腺病和债务。突然一辆四轮马车沿铁轨驶来,跳下一位年轻的伯爵夫人,向作家跑去,她跟他素不相识,但肯定眼前的旅行者就是她在一张达格雷相片①上见过的作家。她向他躬身行礼,拿起他的右手亲吻。故事到此为止。我不知道这个故事想说明什么。九岁那年,我为这个故事着了迷,这个爱发牢骚的作家居然有西伯利亚大草原的女读者。一个美貌的人儿给他恢复了连他自己都遗忘的荣耀,这叫作新生。再往深处一想,其实这意味着死亡,这是我感受到的,或我愿意认为如此。一个活着的庶民不可能从一个女贵族那里得到如此仰慕的表示。伯爵夫人仿佛对他说:"我之所以能来到您跟前,碰碰您,那是因为已经没有必要保持门第的优越感了,我不担心您对我的姿态有什么想法,已经不把您当作一个人,您只是您作品的象征。"一个吻手礼把他置于死地:离圣彼得堡一千俄里的地方,一个旅行者在出生五十五年之后被焚,荣耀把他烧死,他只剩下火光闪闪的一系列著作。我仿佛看见伯爵夫人回到马车上,消失了。大草原又恢复原来的凄凉。黄昏,火车为了赶点越过小站飞驰而去,我打了一个寒噤,不由得想起《树欲静而风不止》,寻思道:"这个伯爵夫人是死神吧!"总有一天,她会在一条偏僻的路上截住我,吻我的手指头。

死亡使我晕头转向,因为我不愿意活下去。这就说明为什么死亡引起我的恐怖。我把死亡和荣耀相提并论,从而把死亡作为我的归宿。我急于死,有时死亡的可怖给我的热情泼冷水,但为时甚短,我神圣的喜悦不断再生,等待着火化的时刻。我们内心的愿望其实是谋求和逃避两者不可分割地结合的产物:写作这件不可思议的事情使我原谅

---

① 达格雷照相是早期的一种照相法。

自己的存在。我看到,尽管写作是吹牛皮、说假话,总还有一些现实意义,其证明就是五十年之后的今天,我仍在写作。但如果追本穷源,我看到自己不断在逃避,进行格里布依①式的自杀。是的,何止是史诗,何止是殉道,我在寻求死神哩。很长一个时期,我担心的死和生一个样,随随便便,不拘地点,默默死去只是默默出生的反映。我的天职改变了一切,刀光剑影总要消失,文字著作则与世长存。我发现在文学领域内赠与者可能变成他自己的赠与物,即纯粹的物。我之成为人纯属偶然,成为书则是豪侠仗义的结果。我可以把我的絮叨和意识铸到铅字里,用不可磨灭的文字代替我生命的嘈杂,用风格代替我的血肉,用千古永生代替我的蹉跎岁月,作为语言的沉淀出现在圣灵面前。总之成为人类不可摆脱的异物,不同于我,不同于其他人,不同于其他一切。开始,我给自己塑造一个消耗不尽的身躯,然后把自己交给消费者。我不为写作的乐趣而写作,而为了用文字雕琢光荣的躯体。从我坟墓高处细看这个光荣碑,感到我的出生好似一场必须经历的痛苦,为了最终变容而暂时显示的幻想。为了再生,必须写作;为了写作,必须有一个脑袋,一双眼睛,两只胳膊。写作结束,身体器官自行消失。

一九五五年左右,一只怪虫出世,二十五只福利欧蝴蝶②

---

① 格里布依,法国女作家索菲·塞居尔(1799—1894)笔下的人物,可怜的女子格里布依害怕潮湿,干脆跳入水中。萨特的意思是,怕死干脆自杀。
② 福利欧是法国著名的加利玛出版社出版的一种普及版本,多为较有价值的文学作品,但价格较便宜。

脱颖飞出,载着一页一页作品,振翅飞到国家图书馆,栖息在一排书柜上。这些蝴蝶便是我。我即是二十五卷,一万八千页文字,三百幅版画,其中有作者的肖像。我的骨头就是皮革和硬纸,我的肉是羊皮纸,散发出糨糊味和蘑菇味;安置在六十公斤纸里,我感到怡然自得。我再生了,终于成了一个完整的人,思考,说话,吟唱,声音洪亮,以物质不容置疑的长存证实我的存在。人们拿起我,打开我,把我摊在桌子上,用手心摸我,有时噼啪作响折腾我。我听凭折腾,但突然闪电发光,使人眼花缭乱。我天马行空,其威力能穿过空间,越过时间,打击坏人,保护好人。谁都不能忘记我,谁都无法不提到我,我是一个伟大的偶像,既可摆弄又很棘手。我的知觉已化为齑粉,那再好也没有,反正有别人的知觉负担我,人家阅读我,我跳入他们的眼帘;人家谈论我,我蹦入他们的嘴中,化成普遍而独特的语言。在亿万人的目光里,我成为展示的珍品。对知我爱我者,我是他们最亲密的知音,但谁若想触及我,我一个闪身便无影无踪。我无处可寻,但活着。总之处处有我在。我寄生在人类身上,我的善举折磨着他们,不断迫使他们让我复活。

这套戏法很灵,我把死神掩埋在荣耀这块裹尸布下,只想到荣耀,从不想死神,竟未意识到两者是一码事。在写这本书的现在,我知道迟早我将不中用,明确而不无忧伤地想象出自己即将到来的老年和未来的衰老,以及我喜爱的人的衰老和死亡,但从来没有想象我自己的死亡。有时我向亲近的人——有的比我小十五岁,二十岁,三十岁——表示抱歉,我将比他们活得更长,他们拿我打哈哈,我跟他们一起哈哈大笑。但是人们的取笑没有改变,也决不会改变我的想法。九岁那年,我动过一次手术,使我无法体会据说我们人类状况固有的悲怆。十年之后,在高师①,这种悲怆突然在我几个好朋友身上发作了,表现出惊恐或狂怒,而我却鼾声如雷,高枕无忧。其中一个同学得了一场重病之后,对我们说他经历了临终的痛苦,甚至包括咽下最后一口气的感受。尼赞②着魔最甚,有时在完全清醒的时候,他仿佛感到成了一具死尸。他站起身,眼睛里仿佛有麇集的小虫在攒动,摸索着拿起他的圆顶帽,走开了。第三天发现他酩酊大醉,跟一些陌生人混在一起。有时候这些患不治之症的人聚在某个同学的房间里交谈他们的失眠,交换提前进入虚无的经验,只要只言片语就能明白对方的意思。我听他们交谈,热切希望能跟他们一样,因为我喜欢他们,但办不到,充其量,我只能领会和记住关于死人的老生常谈:人生,人死,生死不由自主,死前一小时,人还活着哩。我不怀疑他们的话中有我领会不了的意义,只好不作声,好生妒忌,只得置身局外。末了,他们把目标转到我身上,不等回答已经恼火了:"你呢,你无动于衷吗?"我摊开双臂,表示无能为力和十分抱歉。他们觉得在对牛弹琴,不禁笑了。他们认为这再明显不过了,奇怪怎么不能使我明白:"你入睡的时候从来没有想过有人可能在睡眠中死去?在刷牙的时候,你脑子里从来没有转过:这一回逃不过了,今天是我的末日?你从来没有觉得应该赶快,赶快赶快,否则时间来不及了?你以为你永垂不朽吗?"我半挑战半应付地回答:"是的,我认为我永垂不朽。"这纯属假话,我只是保了险,不会猝死

---

① 巴黎高等师范学院。
② 保尔·尼赞是萨特青年时代最好的朋友,作家。后成为法共党员,《人道报》主编,一九四〇年五月在前线阵亡。

而已;圣灵向我定做一个需要长期努力的作品,那就应该让我有时间去完成。死于荣誉,这种死庇护着我不出事故,不会充血,不患腹膜炎。我跟死神已约好相会的日子,如果我过早赴约,可见不着死神啊。我的朋友们尽可以责怪我不想到死,殊不知我时时刻刻跟死神生活在一起。

今天,我认识到他们是对的,因为他们全盘接受我们的生存状况,包括焦虑状态在内,而我选择高枕无忧,事实上我真以为自己永垂不朽哩。我预先把自己放在死者的地位,因为只有死者才享受永垂不朽。尼赞和马欧①明白他们会成为野蛮干预的对象,活生生、血淋淋地被迫离世。我则自欺欺人:为了抹煞死亡的野蛮性,我把死亡当作目的,把生命当作了解死亡的唯一手段。我慢慢走向我的终点,唯一的希望和欲望是能写完我的书,确信我的心脏最后一次跳动刚好落在我著作最后一卷的最后一页上,这时才让死神带走一个死人。尼赞二十岁的时候就用一种绝望的急切心情观察女人、汽车以及世上一切财富:必须马上看到一切,占有一切。我也观察,但虔诚多于觊觎。我来到世上不是为了享乐,而是为了清账。这颇为省事嘛:我是一个过分安分的孩子,胆怯、懦弱,不敢正视自由开放的生存和没有上帝保佑的生存;我望而生畏,连连后退,硬要自己相信一切都是命中注定的,更有甚者,认为一切都是周而复始的。

显而易见,这种作弊的做法免得我受自爱的诱惑。我的每个朋友受到灭亡的威胁,他们时刻自卫,以求生存,寻求凡人生活的不可替代性,自视可爱、珍贵、卓越,人人自命不凡。

---

① 马欧也是萨特的同届同学。后曾出任联合国教科文总干事长。

我则把自己与死者相提并论。我不自爱,认为自己极其平常,比伟大的高乃依更令人生厌。依我看,我奇特的主体只在为变成客体做准备时才有意义。难道我比较谦虚吗?不是,而是更为狡猾。我让后代来替我爱我自己。那些还未出世的男男女女将来有一天会觉得我可爱,就是说认为我有某种魅力吧,我是他们幸福的源泉。我有更多的心眼儿,更会用心计:我把枯燥无味的生活变成我的死神的手段,然后悄悄杀个回马枪来援救我的生活。我用未来人的眼睛看待我的一生,感到这是一则美妙动人的故事,是由我替大家亲身体验的。多亏了我,今后任何人都不必再亲自经历这一切,只要动嘴巴讲讲就行。这是十足的疯狂:我把某个伟大死者的过去选做自己的未来,妄想倒过来经历一遍。在九岁、十岁的时候,我已经完全是被追认的人了。

  这不完全是我的过错,因为外祖父就是用这种追溯的幻想培养我的。再说也不完全是他的过错,罪魁不是他。我一点也不怨他,这种海市蜃楼自然而然地产生于我们所接受的文化。在同代人完全消亡的情况下,某个伟人的死亡对后代人永远不会构成意外打击,时间为他的死亡确定了某种特色。凡享高寿的死者都死于先天,死亡既在他接受临终涂油礼,也在他初生受洗礼的时候来临,他的一生属于我们这些后来人。我们从开始,从末尾,从中间,进去出来,随意顺年表而下或逆年表而上,因为年代顺序已经打乱,不可能重建,所以这个人物可以高枕无忧,不担风险,即使有人在他的鼻孔里挠痒痒,他也不会打喷嚏。他过去的存在提供了一个按时间顺序展开的人生表象,但是只要你稍微让他的生命复活一下,他的经历顿时变成同时发生的事件。你若想置身于消亡者的地位,装做体验他的激情、无知、偏见,复活一下已消失的抵抗力,重现一点儿急躁或忧虑情绪,那是万万办不到的。你忍不住要根据他本人当时无法预料的结果和掌握不住的情况来评价他的行为,你情不自禁地要对他本人当时忽视而后来证明很重要的事件给以特别的重视。这就是海市蜃楼,未来比现在更符合实际。这并不奇怪,死亡是出生的归宿,盖棺才能论定。死者居于存在与价值的中途,介乎历史的原貌与编写的历史之间,他的历史成了某种循环的液汁,在他一生的每个时刻都得到体现。在阿拉①的沙龙里有一个年轻的律师,沉着镇静而矫揉造作,他就是后来上断头台的罗伯斯庇尔。当时没有一个客人注意到他已把脑袋夹在腋下,鲜血淋淋,看不出血弄脏了地毯,而我们则清楚地看到鲜血淋淋的人头。曾几何时,相隔五年,囚车送他上刑场,但此时此地,这颗割下来的人头颚骨下垂,却在侃侃而谈。这种看法上的阴差阳错已是公认的,不过无妨大局,有办法纠正。然而,当时的文人学士力加掩饰,以此孕育自己的唯心主义。他们暗示,某种伟大的思想倘若诞生,就投胎到女人的肚子里,变成将来怀有这种伟大思想的伟人,为他选择状况、环境,恰如其分地确定他的亲人们的理解和不理解的比例,解决他要受的教育,让他经受必要的考验,逐步使他形成不稳定的性格,但又加以控制,直到精心培育的对象脱颖而出,光芒四射。这一切虽然没有明讲,但处处使人感到因果的顺序在暗中是颠倒的。

我高高兴兴地使用这种海市蜃楼,以便确保我的命运。我抓住年代,颠倒其头尾,一切便豁然开朗了。事情从一本小

---

① 罗伯斯庇尔于一七五八年生于阿拉。

书开始,深蓝色的封面,带有发黑的镀金装饰,厚厚的纸发出死人的臭味,书名是:《英杰们的童年》。扉页上有一个戳记,证明是我大舅乔治一八八五年获算术第二名所得的奖品。我在胡编异想天开的旅行的那阵子,发现了这本书,翻阅了一下,就气愤地丢下了。因为这些出类拔萃的青年跟神童毫无共同之处,他们只在呆板的德行方面跟我相近,我不懂为什么对他们大书特书。后来书不翼而飞了,其实是我有意把它藏起来的,以示惩罚。一年之后,我翻箱倒柜把书找了出来,这时我已经变化,由神童变成备受磨难的小伟人。无巧不成书,书也变了样。书上的文字还是原来的,但讲的好像就是我。我预感到这本书会把我毁了,心里很怨恨,很害怕。每天打开书之前,我走到窗前坐下:一旦有什么危险,便可以让真正的阳光进入我的眼睛消毒。今天,那些为受过方多马斯①和安德烈·纪德影响而不胜遗憾的人使我啼笑皆非,殊不知孩儿们愿意吸毒啊。我像吸毒者那样战战兢兢地吞下我的毒品,结果似乎并没有伤什么元气。那时候人们鼓励少年读者,说什么明哲和尽孝是成功之本,甚至可以使我们成为伦勃朗或莫扎特。人们在一些短篇小说中描述一些平平常常的男孩子所干的平平常常的事情,但他们知恩尽孝,他们叫让-塞巴斯蒂安,让-雅克或让-巴蒂斯特,使他们的亲人幸福,如同我使我的亲人幸福一样。其毒汁恰恰在于文章作者从来不提及卢梭、巴赫、莫里哀的名字②,却巧妙地处处暗示孩子们未来的

---

① 本世纪初由苏韦斯特尔和阿兰合著的侦探小说《方多马斯》的主人公,是神出鬼没而富有诱惑力的罪人。
② 让-雅克是卢梭的名字,让-巴蒂斯特是莫里哀的名字,让-塞巴斯蒂安是巴赫的名字。

伟大，漫不经心地通过某个细节提到他们的著作或他们最出名的行为，精心设计着故事，要是不对照后来发生的事情，哪怕最寻常的小事也无法叫人理解。作者在乱哄哄的日常生活中埋下神奇的伏笔，预示着会使一切改观的未来。一个名叫桑济奥的男孩，发疯似的想见教皇。一天人家把他带到广场等候圣父经过。孩子脸色苍白，双目睁得圆圆的，人家忍不住问他："你高兴了吧，拉法埃洛？这一回你至少亲眼看见我们的圣父了吧？"他惶惑地回答："什么圣父？我光看见鲜艳的颜色啊！"还有一例，小米格尔一心想从军，坐在一棵树下津津有味地读一本武侠小说，突然一阵震耳的铁器声吓了他一跳，原来是附近的老疯子①，一个破落的绅士，骑着一匹瘦马，举着长枪，颤巍巍地冲向一座风车。吃晚饭的时候，米格尔把这个小故事讲得既滑稽又可爱，逗得大家捧腹大笑。但后来房间里剩下他独自一人时，他把小说扔在地上，踩上几脚，抽噎了好久。

　　这些孩子迷失了方向，他们的一言一行实际上预示着自身的前途，而他们却以为在瞎说、胡闹。我和作者比他们看得远。我们交换着微笑，对他们不胜同情。这些表面极其平常的孩子，我观察他们的生活，用的是上帝设计这种生活的目光，即先看其结尾。开始我兴高采烈，他们是我的兄弟啊，他们的光荣也就是我的光荣。然后完全翻转过来，我发现自己置身于书页的另一面，让-保尔的童年酷似书中让-雅克和让-塞巴斯蒂安的童年，一切都是先兆。不过，这时作者挤眉弄眼的对象则是我的甥孙们。这些未来的孩子从我的死到我的生

---

① 即堂吉诃德。孩子读《堂吉诃德》入了神。

倒着观察我,我想象不出这批未来的孩子该是什么样子,但不断向他们递送我自己也难以破译的信息。想到死亡,我不寒而栗,虽说死亡是我全部行为的真正意义。我丧失了自身,试图从反方向穿过书页,把自己重新放在读者的地位,我抬起头,求助阳光,喔,原来这一举动本身也是一种信息。这种突然的不安,这种怀疑,这个眼睛和脖子的动作,到二〇一三年会得到怎么样的解释呢？到那时有两把打开我的钥匙:作品和死亡。我已经无法从书中出来了,这本书早已读完,我只是书中的一个人物而已。我窥伺自己:一个小时之前,我还跟母亲喊喊喳喳说话。我说了些什么？我记得其中的几句话,大声重复,但无济于事,话语出口而逝,不可捉摸。我的声音在自己的耳朵里听起来好像跟我毫不相干,扒手天使钻进我的脑袋,抢劫我的思想。这个天使不是别人,正是三十世纪的一个金发少年,他凭窗而坐,通过一本书观察着我。我喜恨交加,感到他的目光把我钉死在我所处的那十个世纪。在他看来,我弄虚作假,生造一些双关意义的词语抛给读者。安娜-玛丽看见我趴在课桌上乱涂乱写,对我说:"天色暗啦！我的小宝贝要弄坏眼睛的。"这正是天真无邪地回答的好时机:"即使在黑夜里我也能写字。"母亲笑了,说我是小傻瓜,并把灯点亮。戏法已变完,我们俩谁也不知道我刚才向公元三千年报告我未来的残疾。等我风烛残年的时候,我眼瞎的程度超过贝多芬耳聋的程度,我摸着黑创作最后一部书。在我身后人家找出这份手稿时大失所望:"根本无法辨认！"甚至提出把手稿扔进垃圾箱。最后奥里亚克市图书馆纯粹出于怜悯,收藏了起来。一百年无人问津。后来有一天,一些年轻学者出于爱我,试图辨认这份手稿,他们得花毕生的精力方能重整我的杰作。母亲已经离开房间,剩下我自个儿,我不知不觉地自言自语:"在黑夜里!"我的曾甥孙在天边,啪的一声合上书,深思着他曾舅父的童年,眼泪流满双颊,不胜感叹道:"想不到他真的在黑暗中写作。"

未来的孩子跟我长得一模一样,我在他们面前招摇而过。我想到会使他们成为泪人儿,自己也挤出几滴眼泪;通过他们的眼睛看到自己的死亡,死亡已肯定无疑,我在谱写死者的传略,即我的真相。

一个朋友看了上述文字,不安地打量着我说:"原来你精神病很严重啊,超过了我的想象。"精神病? 我说不上,反正我的极度狂热是很明显的,在我看来,主要问题毋宁说是真实性的问题。九岁的时候,我感到真实性不足,后来则绰绰有余。

开始的时候,我身心是健康的。一个耍花招的小鬼知道适可而止。然而我很勤奋,即便虚张声势也竭尽全力。今天我认为当时卖弄小聪明是智力训练,耍花招是对可望而不可即的真实性所作的夸张。我的天职不是自己选择的,而是别人强加的。其实也无所谓强加,只不过是一个老妇人的信口开河和夏尔的使用谋略,但这足以使我心悦诚服。成人的话铭刻在我心上,他们用手指指着我这颗明星,我看不见明星,只看得见手指,但我相信他们,因为他们声称相信我。他们给我讲已故伟大人物的生涯,其中就有一个未来的古人,他们是拿破仑,地米斯托克利①,菲力普·奥古斯特②,让-保尔·萨

---

① 地米斯托克利(前525—前460),古代雅典民主派政治家和统帅。
② 菲力普·奥古斯特(1165—1223),法兰西国王(1180—1223)。

特。对此我深信不疑,否则就是怀疑大人的话了。上列最后一个伟人,我很想面对面遇见一下。我张着嘴,扭曲身子,企图引起直觉,使自己心旷神怡,我好比一个性冷淡的女人,先是扭动身子,激发情欲,结果却是用身子的扭动代替性的快感。称她是佯装还是过分用心呢?总之,我什么也没有获得,不是太前就是太后,无法直视内心,发现自我。扭来扭去结果毫无进展,神经倒紧张了一阵,最后对自己产生怀疑,靠权威,靠成人不可否认的好意,无法确认和否认对我的委任:委任状已经封口盖印,万无一失,加在我身上,却并不属于我,尽管我对它从未有过丝毫的怀疑,但我既无法解除它,也不能领受它。

　　信仰即使根深蒂固,也从来不是自在圆通的。对信仰必须不断坚持,或至少阻止自己去破坏它。我注定成为英杰,我死后将埋在拉雪兹公墓,也许在先贤祠已选好位置,在巴黎有以我的名字命名的街道,在外省、在外国有以我的名字命名的街心公园和广场。但即使在最乐观的时刻,我也看不到自己。作为无名小卒,我怀疑自己不可靠。在圣安娜医院,一个病人在床上喊道:"我是亲王!把大公爵关禁闭。"人家走近病床,凑到他耳边说:"把鼻涕擤掉!"他乖乖地擤鼻涕。人家问他:"你是干什么的?"他轻声回答:"鞋匠。"然后又大声嚷嚷起来,我想,我们无一例外都像这个人,反正我刚九岁的时候,很像他:既是亲王,又是鞋匠。

　　两年之后,病人康复,亲王消失,鞋匠什么也不信了,我停止了写作。小说手稿被扔进垃圾箱,丢的丢,烧的烧,取而代之的是句法分析本,听写本,算术本。如果有人潜入我四通八达的脑袋,他会发现里面装着几个半身塑像,一张错误百出的乘法表和比例法,三十二个省名,附有省会而没有专区,一朵名叫罗萨罗萨罗萨姆罗塞罗塞罗萨的玫瑰花,几处历史古迹和几部文学巨著,几条刻在石碑上的礼仪准则,有时这座凄凉的花园里飘过一缕轻雾:虐待狂的梦幻。孤女已无影无踪,骑士已销声匿迹。英雄、烈士、圣人等字样已无迹可寻,不再被提及了。我这个前帕达扬每季度收到令人满意的健康简况表:孩子智力中等,品行高尚,数学欠佳,想象力丰富而不过分,易动感情;十分正常,只是有些做作,但也日见减少。实际上我已完全着了魔。两个事件,一个公共的,一个私人的,使我残存的一点儿理智也泯灭了。

公共事件是完全出乎意料之外的。一九一四年七月我们还有那么几个坏人,但八月二日①,突然之间品德高尚的人掌握了大权,全体法国人都成了好人。我外祖父的冤家对头们投入他的怀抱,出版商恪守诺言,小老百姓预卜未来,我们的朋友收集他们门房、邮差、管子工豪壮而朴实的语言,并向我们转述;人人大叫大嚷,唯有我外祖母例外,真是个可疑分子。我乐不可支,法国演滑稽戏引我发笑,我也为法国演滑稽戏。但是战争很快使我腻味了,我的生活很少受到战争的干扰,说不定早已把战争忘到脑后了。不过,当我发现战争破坏了我的读物,不由得对战争深恶痛绝起来。我喜爱的读物已从报亭消失,阿努·加洛班,若·瓦尔,让·德·拉伊尔②抛弃了他们熟悉的英雄人物,他们笔下的少年是我的兄弟,曾乘着双翼飞机或水上飞机周游世界,以一当百英勇杀敌。战前的殖

---

① 一九一四年八月一日法国总动员,接受德国的宣战。
② 均为当时儿童读物的作者。

民主义小说让位于战时的英武小说,充斥着小水手、阿尔萨斯少年,以及孤儿——军团的福神。我讨厌这些新来的家伙。我一向把绿林小冒险家看做神童。因为他们屠杀的土著人实际上都是成年人;由于我自己也是神童,在他们身上我认出了自己。随军少年却显不出自己的本事。于是个人英雄主义动摇了;个人可以依靠武器的优势打击野蛮人。但是怎么对付德国人的大炮呢?必须采用大炮,动用军队。神童在这些法国勇士中受到爱护和保护,重新降为小孩子,我也随之下降了。时不时,作者出于怜悯,委派我送一封信,我被德国人抓住,出色地反诘他们,然后逃跑,返回阵地,使命完成了。大家当然向我庆贺,但热情并不太高。我在将军慈父般的眼睛里看不到孤儿寡妇们对我倾倒的目光。我失去了独占鳌头的地位,战役打赢,但没有我的份,成年人重新垄断了英雄行为。我偶尔从死者身旁捡一支枪,放几下子,但阿努·加洛班和让·德·拉伊尔从来不让我参加刺刀肉搏。作为见习英雄,我急不可耐地要达到自主行动的年龄,说得正确一些,不是我,而是随军少年,阿尔萨斯孤儿。我合上书,退出他们一伙。写作是一项长期的、吃力不讨好的工作,这一点我早已知道,反正我有充足的耐心。阅读则是一种娱乐,我急于得到一切荣誉。人们向我提供什么样的前途呢?当兵?破差使!勇士只身一人时,已毫无作为,他得跟其他人一起冲锋,打胜仗靠的是全团的力量。我才不稀罕集体的胜利呢。阿努·加洛班想突出某个军人,最高的一着只不过派他去救护一个受伤的上尉。这种默默无闻的效忠使我反感,无非是奴隶救主子。再说这只不过是偶尔的壮举,战时人人皆勇敢嘛,每个士兵稍有一点运气都能干这样的事。我气急败坏,因为我喜欢战前的英雄主义:孤胆而无偿。我无视日常平淡无奇的德行,气概不凡地为自己一个人创造英雄。《乘水上飞机周游世界》《巴黎顽童历险记》《三个童子军》①,这些神圣的作品指引我走上死亡和再生的道路。而突然之间,这些书的作者背叛了我。他们使每个人都能做出英雄行为,勇敢和牺牲变成日常的德行,更糟糕的是,他们把勇敢和牺牲降为最基本的义务。背景也发生相应的变化:阿戈纳②集体作战的硝烟替代了热带独特的大太阳和个人主义的光芒。

中断了几个月之后,我重新拿起笔写我心爱的小说,决心教训一下这些先生们。一九一四年十月我们还没有离开阿卡雄。母亲给我买了一些练习本,一色装潢,淡紫色的封面印有贞德的肖像,她头戴钢盔,显示出时代的特征。在女英雄贞德的保护下,我开始写士兵贝林的故事:贝林劫持了德国皇帝,把他五花大绑解到我们的阵地,然后在全军面前向他挑战,一对一搏斗,把他打翻在地,用刀对准他的喉部,迫使他签订屈辱性和约,把阿尔萨斯-洛林归还给我们。一星期之后,这个故事使我心烦意乱。决斗一场是我从武侠小说中借用的:斯脱特-贝克尔是富贵人家子弟,流亡异乡。一天,他走进一家强盗开的酒店,受到强盗头目大力士的侮辱。他大显身手,活活打死了头目,取而代之,然后搜罗流氓无赖,自立为王,按时带兵登上强盗船,扬帆出海。总是千篇一律的老套子:作恶之王必被认为是不可战胜的;行善之杰在一片嘲骂声中艰苦奋战。而后者出乎意料的胜利使嘲笑者毛骨悚然。我因缺乏经

---

① 阿努·加洛班等人的作品。
② 一九一四年在阿戈纳发生激烈的交战,法方稳住了战局,一九一八年德军在此开始崩溃。

验,违反种种写作规则,效果适得其反。德国皇帝尽管彪形大汉,却其貌不扬,早就看得出,在虎背熊腰的贝林手下不堪一击。再说观众敌视他,我们这些大兵恶狠狠地高声骂他,战犯威廉二世孤零零,受尽嘲笑和欺凌,我亲眼看到他被世人唾弃却不失其高傲,而这本应是我笔下的英雄们的处境。这种逆转使我瞠目结舌。

还有更糟糕的。我那些被路易丝称作"胡言乱语的东西"得不到任何的证实或否定,非洲辽阔,遥远,人口稀少,消息不通,谁都不能证明我的探险者没有到过非洲;我在叙述他们的战斗时,谁也无法证实他们没有向俾格米人①开过枪。我还不至于自认为是他们的传记作者。但人们跟我大讲特讲小说的真实性,到头来我以为自己的奇谈也真有其事了。虽然我自己还未意识到,但我未来的读者会认为确有其事的。然而,这倒霉的十月使我陷入假想和现实的混战中不能自拔:我笔下的德国皇帝败北之后,下令停火,因此按逻辑推理秋天应该恢复和平了。但是恰恰相反,报刊和成人一天到晚唠叨我们仍处在战争中,并且战争还要继续下去。我感到受了愚弄:我是一个骗子手,说了一通废话,谁也不相信。我有生以来第一次重读自己的作品,羞得脸红到耳根。难道是我,是我津津乐道这些幼稚的神话吗?我差一点没抛弃文学,洗手不干了。末了,我把手稿带到海滩,深深埋在沙里。苦恼清除,信心重振,我是命定的作家,这是毫无疑问的。不过,文学艺术有其奥秘,要等到火候才向我泄露呢。我的年龄还不到,权

---

① 俾格米人,尼格罗-澳大利亚人种内的一个种族类型,分布在中非、东南亚和大洋洲诸岛屿。

且作储备吧。我停止了写作。

我们回到了巴黎,我从此不再碰阿诺·加洛班和让·德·拉伊尔的书,因为我不能原谅这些机会主义者比我高明。我对战争不满,因为它平淡无奇。恼羞成怒之余,我逃避现实,躲进了往昔。几个月前,一九一三年岁末,我发现了尼克·卡特,布法洛·皮尔,得克萨斯·杰克,锡丁·布尔等英雄人物,战争刚爆发的时候,这类人物消失了,外祖父说出版商是德国人。幸亏在塞纳河两岸的旧书摊上还能找到大半。我生拉硬拽着母亲到那里去,我们从奥尔塞车站到奥兹特利茨车站一个个书摊找遍,有时去一次能买到十五本,很快就收集了五百本。我按数一叠一叠排齐,不厌其烦地点着数,高声念着带神秘色彩的书名:《气球中的凶杀》,《与魔鬼订约》,《穆图希米子爵的奴隶》,《达扎尔起死回生》。我很喜欢这些书,纸张发黄,老化变脆,斑迹点点,散发出枯叶的怪味,确实是一些枯死的纸页,残存的遗迹,既然战争使一切都停止了,我明白长发人最后的历险对我来说将永远是一个谜,或再也弄不清侦探之王最后的侦查了。这些孤胆英雄跟我一样成了世界大战的牺牲品,因此我对他们怜爱备至。只要看到装潢封面的彩色版画,我便欣喜若狂。布法洛·皮尔骑着骏马奔驰在草原上,时而追逐印第安人,时而躲避印第安人。我非常喜欢尼克·卡特的插图。人们可能觉得这些插图单调:几乎清一色是表现这位伟大的侦探大打出手或挨揍败退。但是这些吵架斗殴发生在曼哈顿大街上,那里地面空旷,周围是棕色的栅栏或猪血色立方形的简陋建筑,这使我心驰神往。我想象这是一座广阔的城市,习俗严格而血案累累,恶习和美德皆置于法外,杀人犯和正义者一概逍遥自在和为所欲为,双方到了晚上才拔刀评理见个高低。这座城市酷似非洲,在炎热的太阳下,英雄主义始终表现为萍水相逢,见义勇为,我对纽约的神往来源于此。

我把战争和天职统统抛到脑后。要是有人问我:"你长大干什么啊?"我就和蔼地、谦虚地回答想当作家,但已经抛弃了登峰造极的梦想,不再搞什么心灵修炼了。大概因为这个缘故,一九一四年左右那几年是我童年最幸福的日子。我跟母亲平起平坐,形影不离。她称我为她的男伴,她的小男人,我对她无话不讲。更有甚者,被束之高阁的创作转化成喋喋不休的话语,从我嘴里往外涌,我喊喊喳喳地讲述所见所闻,尽是一些安娜-玛丽知道的东西,无非是房子、树木和人物。我非常乐意向她通报消息,仿佛成了世界的代言人,事物通过我发出信息。起初我感到脑袋里有人在唠叨,不断地说:"我走路,坐下,喝水,吃糖果。"我大声重复这些不断出现的议论,"我走路,妈妈,我喝一杯水,我坐下。"我好像有两个声音,其中一个声音似乎是我的,但不服从我的指挥,却让另一个声音做它的传声筒。我确定自己有双重人格,这些轻微的紊乱一直持续到夏天,把我搞得精疲力竭。为此我十分恼火,终于害怕起来了。"我脑子里有人说话。"我对母亲说,好在她并未在意。

这件事没有影响我的幸福和我们的结合。我们有我们的神话,我们的口头禅,我们惯常的玩笑。差不多有一年光景,我每说十句话至少要加一句:"但没关系。"语气间带着忍耐而讽刺的味道。譬如,"那是一条大白狗,不完全白,带灰色的,但没关系。"我们习惯于用史诗般的风格讲述不断发生的日常生活琐事。我们常常用第三人称的复数讲我们自己。例如我们等公共汽车,看见一辆车开过未停,我们中的一个嚷道:"他们气得直跺脚,咒天骂地。"于是我们齐声哈哈大笑起来。当着人的面,我们自有默契,一个眼色即心领神会。一家商店或一间茶室的女招待显得滑稽。母亲走出时对我说:"我没敢看你,否则我会当着她的面噗嗤笑出声来。"我对自己的能耐感到骄傲,要知道没有多少孩子能使一个眼色就让他们的母亲噗嗤笑出声来的啊。由于我们俩都羞怯,害怕受惊也是共同的。一天在塞纳河畔,我发现有十二本布法洛·皮尔历险记我没有买过。正当母亲准备付款的时候,走过来一个男人,白白胖胖的,漆黑的眼珠,小胡子抹得油亮,头戴划船草帽,一副时下英俊少年的派头,他眼睛死盯着我母亲,可是冲着我连连说道:"看把你宠的,小子,太宠你啦!"开始我大为生气,他怎么劈头就用"你"称呼我,但当我看到他古怪的目光,我和安娜-玛丽都不由得如受惊的小姑娘似的朝后蹦了一步。见此情景,这位先生不自在地走开了。我见过千万张脸都遗忘了,但这张猪油般的脸,至今记忆犹新。当时我对肉欲一无所知,想象不出这个人想要我们什么,但是他的情欲如此露骨,连我也看出来了。从某种角度来讲,我看透了他的心思。这种欲望,我是通过安娜-玛丽观察出来的。通过她,我嗅出男性,害怕男性,讨厌男性。这件意外的小事加深了我们的联系,我拉着母亲的手,趾高气扬地迈着小步快速走着。确信自己在保护着她。这是那些年代留下的回忆吗?是的,时至今日,每当看到某个一本正经的孩子对受保护的母亲说话,样子郑重其事,温情脉脉,我便感到由衷的高兴。我喜欢这种甜蜜而孤僻的友情,世间俗人之间没有这种情谊,因为这不合他们的常情。我久久凝视这样一对对无邪的伴侣,等我意识到自己是一个男子时,赶紧转过头去。

第二件大事发生在一九一五年十月,我十岁三个月。家人不想再把我过久地关在家里了。夏尔·施韦泽闭口不提他的怨恨,替我在亨利四世中学注了册,让我走读。

第一次作文,我得了倒数第一名。我是小封建主,一向把教和学看作是个人之间的联系。玛丽-路易丝小姐出于笃爱向我传授知识,我出于好心和爱她接受知识。所以,从讲台上向众人权威性地授课使我张皇失措,我对这种冷冰冰的民主法则感到莫名其妙。我时时刻刻受着比较,总有人比我回答得好,回答得快,我那些假想的优越感化为乌有了。由于太受宠爱,我不肯否定自己;虽然由衷地佩服同学们,但不羡慕他们,心想等到我五十岁的时候,也会露一手的。总之,我晕头转向了,但并不苦恼。突如其来的慌乱使我十分卖力,但交的作业却一塌糊涂。外祖父为此大皱眉头,母亲赶紧求见我的班主任奥利维埃先生。他在自己的独身套间里接见我们,母亲运用了她悦耳的嗓音。我靠着她坐的椅子,一边听她说话,一边瞧着穿过窗玻璃上的灰尘透入的阳光。她竭力证明我的实际水平比作业要强,说我已经学会独立看书,开始写小说。等到讲不出别的论据,她便泄露我在胎里待满十个月才出世,因此比别的孩子成熟,好似烘炉里的面包,烤的时间较长,格外金黄松脆。奥利维埃先生专心听着,心软了下来。这主要多亏她的妩媚,而不是我的长处。他是一个瘦骨嶙峋的高个儿,秃头脑袋光得十分彻底,一双深凹的眼睛,蜡黄的皮肤,长长的鹰钩鼻下长着几根红棕色的毛。他拒绝给我单独授课,但答应"关照"我,我本无更多的要求。上课时我窥视他的眼色,他只针对我上课,这一点我十分肯定。我好像感到他喜欢我,我也喜欢他。几句好话,把什么都安排得妥妥当当的,我不费劲地成了一个较好的学生。外祖父看到我的季考成绩单咕哝了几句,但不再想把我从学校领出来。五年级的时候,换了别的老师,我失去了优待,但我对民主已经习惯了。

学校的功课很多,我没有时间从事写作,再说跟新朋友们交往后连写作的欲望也没有了。我终于有了伙伴。先前我一直被束缚在集体乐园之外,进去之后第一天就受到非常自然的接待,从此我不再离开。说实在的,我的新朋友们跟我比较近似,不像帕达扬那帮小伙子,尽叫我伤心,他们是走读生,宝贝儿子,用功的学生。不管怎么说,我兴高采烈。我过着两种生活:在家里我继续模仿大人;而孩子们待在一起的时候却又讨厌孩子气,这可真是些男子汉啦。我是这些人中的一个,每天放学我们结伴回家,马拉坎三兄弟,若望,雷内,安德烈,还有保尔,诺贝·梅尔,布兰,马克斯·贝科,格雷瓜,我们在先贤祠广场又跑又叫,这是最幸福的时刻:我脱下了家庭喜剧的伪装。我丝毫没有想到出风头,只是一股劲地应声嬉笑,重复那些口令和俏皮话。我不表现自己,而是顺从别人,仿效伙伴们的神情举止。总之,我只有一个强烈的愿望:跟他们打成一片。干脆,倔强,快活,我感到自己坚强如钢,解脱了生之多余的思想负担。我们在伟人旅馆和让-雅克·卢梭雕像之间的广场上玩球,the right man in the right place①,真是各得其所,我成了不可缺少的了。不再羡慕西蒙诺先生了:我此时此刻守在我的位置上,梅尔向格雷瓜做传球的假动作时,会想到我

---

① 英文:各就各位。

以外的另一个人吗？这种迅如闪电的直觉使我发现了我的不可缺少性。相比之下，我以前那种奢求荣耀的梦想是多么乏味和丧气啊。

不幸，这种直觉来得快，去得更快。如我们的母亲们所说，我们的游戏使我们"过度兴奋"，有时把我们各组混成一个统一的小群体，把我整个吞没了。不过，我们忘记父母的时间不长，他们无形的影响使我们很快重新陷入动物群那种共同的孤独感中。我们的团体没有目的，没有终点，没有等级，在完全融合和并列之间游移不定。我们在一起的时候，彼此坦诚相待，但不能抵制外界使我们产生的相互看法，毕竟各自属于某些狭窄的、强大的和原始的群体。这些群体创造出蛊惑人心的神话，以讹传讹，硬要我们接受。我们这些孩子娇生惯养，思想正统，感觉灵敏，好动脑筋，害怕混乱，厌恶暴力与非正义。在一起也罢，分散开也罢，反正我们心照不宣地确信世界是为我们服务而创造的，我们的父母皆是世界之精华，所以我们切记不冒犯任何人，甚至游戏的时候也保持彬彬有礼。冷嘲热讽是严格禁止的。如有人发火，大伙儿立即围上去劝他平静下来，迫使他道歉，让-马拉坎或者诺贝·梅尔代表他的母亲训斥他。所有这些夫人互相都认识，而且互相毫不容情：她们互相转告我们的话、我们的批评、我们每个人对其他人的看法，但我们这些做儿子的却对她们的反应闭口不谈。有一天，我母亲看望马拉坎夫人回来后非常生气，因为马拉坎夫人直截了当地对她说："安德烈觉得普卢尽找麻烦。"我对这个说法没有介意，这是母亲们之间的闲谈而已。我对安德烈没有记恨，对他只字未提。总之，我们尊重所有的人，富人和穷人，士兵和百姓，人类和畜生。我们只瞧不起包饭的走读生和寄宿生:准是他们作恶多端,他们家才对他们弃置不顾;或许他们的父母不好吧,但这个理由站不住,因为父亲是按儿子的品行区别对待的。傍晚四点,自由的走读生放学之后,公立中学便成了为非作歹之地。

如此小心谨慎的友谊总间隔着冷却的时期。假期我们分手时,并无遗憾。不过,我很喜欢贝科。他也是寡妇的儿子,有如我的兄弟。他漂亮、脆弱和温存。我不厌其烦地欣赏他梳成贞德式的黑色长发,但主要因为我们俩有着共同的骄傲。我们无书不读,躲在学校风雨操场①的一角谈论文学,就是说无数次津津有味地列举我们所摸过的著作。有一天,他古怪地瞧着我,推心置腹地对我说他想写作。后来我们俩到修辞班②时又分在一起,他仍旧很漂亮,但得了肺病,十八岁上死了。

所有的孩子,包括文静的贝科,我们大家都非常喜欢贝纳尔。这是一个胖胖的、怕冷的男孩,活像只小鸡。他的好名声一直传到我们母亲的耳朵里。她们略有不快。由于无法使我们讨厌他,她们干脆不厌其烦地让我们以他为榜样。请看我们不公正的程度吧。他也是包饭生,我们却喜欢他,在我们看来,他是名誉走读生。傍晚在家灯下,我们惦记这位传教士,有他在丛林里教化这帮寄宿野人,我们感到宽慰。话说回来,寄宿生也十分敬重他。我现在已记不清这种一致的赞赏出自什么原因。反正他温存,和气,灵敏,除此之外,主要因为他是班上第一名。再则,为了他就学,他母亲节衣缩食。我们的母

---

① 指雨天可以活动的带顶棚的操场。
② 当时法国公立中学中仅次于哲学班(即毕业班)的最高班。

亲不跟这位女裁缝来往,但她们对我们说起她,往往为的是让我们掂量母爱的伟大,可我们想到的却是贝纳尔,他是这位不幸妇女的温暖和快乐。末了,大家对这样善良的穷人同情备至。不过,这还不足以说明问题。另外一个原因是,贝纳尔跟我们若即若离,他总戴着一块羊毛大围巾,和蔼可亲地向我们微笑,但很少说话。我记得有人不许他加入我们的游戏。在我,他由于身体虚弱不能跟我们玩,更引起我的敬意。他好似被置身于玻璃柜里,隔着玻璃窗向我打招呼致意。但我们不接近他,我们之所以喜欢他,是因为他生前已像一个象征符号一样隐退了。儿童是遵守习俗的,我们看他十全十美到了无个性的程度而对他十分感激。他跟我们聊天的时候,语言浅显,很合我们的口味,让人高兴。我们从未见他发过火,也没有过度兴奋。上课的时候,他从不举手,但要是问到他,他言必有理,既不犹豫,也不卖力,恰如其分地吐出真言。他使我们这帮得天独厚的孩子惊讶不已。因为他是最优秀而不得天独厚的。那年月,我们大家都是不同程度的丧父孤儿,这些父亲先生不是死了就是上了前线,至于留下的男人,都已精疲力衰,丧失了男子气,竭力让儿子们忘却他们。那是母亲统治的时代,而贝纳尔恰恰为我们体现了母权制消极的美德。

那年冬天,贝纳尔死了。孩子和士兵是不关心死人的,但我们足有四十个人聚集在他的棺材前哭泣。我们的母亲们参加了守灵,坟墓上铺满了鲜花,鲜花之多,使我们把这起死亡看成是那年颁发的超优奖。再说贝纳尔平时不声不响,好像没有真死,仍活在我们的周围,我们隐隐感到他神圣的存在,我们的品德起了一个飞跃。我们热爱自己的死者,低声谈论他,这是一种带伤感的乐事。或许我们也会像他那样过早地死去。我们设想着母亲的眼泪,感受到自己的珍贵。我在说当年的梦话吗?反正我模糊地记得这是一件难以忍受的事。明摆着,这个女裁缝,这个寡妇,失去了一切。想到这一层,当时我是否感到恐怖呢?是否隐约看到邪恶呢?是否觉得上帝不存在呢?是否猜到世道艰难呢?我认为是的。要知道我对自己的童年采取否定和遗忘的态度,并认为我丧失了童年,所以,我肯定上述的感受,否则为什么贝纳尔的形象会引起我如此清晰的痛苦的回忆呢?

几个星期之后,五年级 A 甲班①发生了一件奇特的事情。我们正在上拉丁文课,门突然打开,贝纳尔在门房的陪同下进来向我们的老师迪里先生致敬,然后坐下听课。从他的铁架眼镜和围巾,从他略钩的鼻子和小鸡似的怕冷的样子,我们大家断定他是贝纳尔。我心想,莫非上帝把他还给了我们不成?迪里先生好像跟我们一样,不胜诧异。他停止讲课,喘着气问:"你的姓名?身份?父母职业?"他回答道,包饭生,工程师的儿子,姓尼赞,名保尔-伊夫。我最为吃惊。课间休息时,我主动接近他,他也作了反应,从此我们结下友情。一个细节使我感到这个人不是贝纳尔本人,他比贝纳尔丑陋:尼赞患斜视症。但注意到这一点为时已晚,我已经喜爱上尼赞的外貌所体现的善良,以致喜爱上他本人了。我上了圈套,崇尚美德的习性导致我喜爱丑八怪。说真的,假贝纳尔并不坏呀;他代替真贝纳尔活着;所有真贝纳尔的长处他都有,不过已衰退。贝纳尔的矜持,到他身上变成掩饰。当他被强烈而消极的冲动压倒时,他不喊叫,只是气得脸色煞白,结结巴巴语不成章。

① A 班是拉丁文班,偏重文史哲。甲班即优秀生班。

这不，我们视为温存的情感只是暂时的麻醉。他嘴里吐出的不是真知灼见，而是愤世的、轻率的客观言论。我们听起来不顺耳，因为我们很不习惯。他跟我们一样，自然敬重他的父母，但唯有他，谈起父母时带讽刺的口吻。在课堂上，他不如贝纳尔那样才智横溢，但读过许多书，并渴望写作。总之，这是一个全面发展的人，在我看来，把他跟贝纳尔相提并论不足为怪。尼赞跟贝纳尔的酷似使我着迷，我弄不清是应该赞扬他提供了美德的外表，还是责备他只有美德的外表。我总是要么盲目的信任，要么莫名的怀疑。我和尼赞成为真正的好朋友只是后来的事，中间相隔了很长的时间。

这两年发生的事情和结识的新交中断了我的苦思冥想，但没有根除。其实在骨子里没有起任何变化。成人在我身上所寄托的重任，我虽不去想它了，但继续存在，并侵蚀了我的身心。九岁那年，哪怕在最放纵胡闹的时候，我还能自我检点。十岁上，我已经忘形了。我跟布兰跑跑跳跳，跟贝科、尼赞促膝谈心，在这种时刻我的假想使命自流了，自成一体躲到我的阴面，不让我看见，却操纵着我，对一切的一切施加影响，越过我，使树木低头，使墙壁让路，使天空弯腰。我视自己为大王，竟疯狂地信以为真。我的一个分析学家朋友说，这是性格性神经症。他说的对，一九一四年夏至一九一六年秋，我的使命左右了我的性格，我的妄想离开了我的大脑，注入了我的骨髓。

在我身上没有发生任何新的变化。我发现我原先扮演的和预言的原封不动地保留了下来。唯一的区别是我不知不觉地、不声不响地盲目行事。先前，我通过形象想象一生，从死亡看到我的出生，我的出生把我推向死亡，自从抛弃生死转化的看法后,我自身成了生死交替的实体,在两极之间颠簸,每一次心脏跳动就是一次死亡和再生。我未来的永存变成我具体的未来,每个瞬间跟永存相比显得微不足道,因此在我最专心致志的时候,对永恒的想念使我分心,使充实变得空虚,使现实变得轻浮。永存从遥远的将来驱散我嘴中的甜腻,消除我心头的忧和乐,但挽救了最无所作为的时刻,因为这个时刻来得最晚,使我进一步接近永存。永存给我赖以生活的耐心,我再也不想一下子跨过二十年,然后草草越过第二个二十年,再也不设想我遥远的登峰造极的日子,我等待着。我一分钟一分钟地等待,因为每一分钟引来另一个一分钟。我泰然自若地生活在刻不容缓的时间列车上,时间推我一直向前,把我整个儿卷走,势如破竹,锐不可当。真是如释重负!以前我的日子天天一个样,有时不禁生疑,我是否注定要过千篇一律的倒退日子。现在,日子本身没有起多大的变化,还是照旧哆哆嗦嗦地消逝。但是我,日子在我身上的反映起了变化,不再是时间朝我静止的童年倒流,而是我,好似奉命射出的箭,穿破时间,直飞目的。

一九四八年在乌特勒支①,封·列纳教授让我做投射测验。一张图引起了我的注意,上面画着一匹奔驰的马,一个行走的人,一只高飞的鹰,一艘前进的艇;受测验者应指出哪个画面给予他最强烈的快速感。我说:"小艇。"然后,我好奇地观察这个我突然选中的画:小艇仿佛腾空而起,霎时间凌驾在停滞的湖水之上。我很快明白了这个选择的理由:十岁的时

---

① 乌特勒支,荷兰历史名城。三十年战争结束后,曾在此签订《乌特勒支和约》。

候,我好像感到自己如艑柱似的冲破现时的束缚,腾空而起,从此我开始奔跑,现在仍在奔跑。在我看来,决定速度快慢的不是在一定时间内跑过的路程,而是起跑突破的力量。

二十多年前的一个晚上,吉亚科梅蒂①穿过意大利广场时,被一辆汽车撞倒。他受了伤。他腿被撞伤摔倒时,脑子还清醒,首先感受到的是某种喜悦:"我终于出了点事儿!"我深知他的激进主义:他已做好最坏的准备。他爱他的生活,以致没有别的向往。这种生活很可能为偶然发生的、荒唐的事故所冲击,甚至被断送。他心想:"因此,我不是天生的雕刻家,甚至不是生来就该活着的。我生下来时什么都不是。"使他兴奋的是危险的因素突然被揭示出来,遭难时吓得发呆的目光茫然望着城市的灯火、来往的行人和他自己落在污泥里的躯体。而对于一个雕塑家来说,无生命的矿物界本来就与他朝夕相处。我欣赏这种顺应不测的意志。如果人们爱好意想不到的事情,那么就应该爱好到这样的程度,甚至欢迎这类迅如闪电的意外,因为这类事故向他们揭示,地球并非为了他们而存在。

十岁的时候,我声称酷爱这类意外。我一生的每个环节应该预见不到,能散发出新漆的芳香。我预先接受意外的事故,接受不幸的遭遇,实事求是地说,我以笑脸相迎。一天夜晚,因电路故障,灯突然熄灭。家里人在另一间房间叫我,我叉开双臂,摸着黑向前走,结果头撞在一扇门上,磕掉一颗牙。尽管痛得厉害,我却觉得有趣好笑,如同吉亚科梅蒂后来把他

---

① 吉亚科梅蒂(1901—1966),瑞士雕塑家,画家,萨特的朋友。萨特曾为他写过专文。

的腿当作笑料,但我们取笑的理由截然相反。既然我预先确定我的历史将有一个好的结局,那么意外只能是一个圈套,新鲜事物只能是一种表面现象。各族人民请我出世,这种需要本身早就把一切安排妥当,这颗磕掉的牙对我来说是一种征兆,一种暗示,要等到后来才能明白。换言之,我历史中的每个阶段都是确定好的,不论发生任何情况,不论付出多大代价,反正保持不变。我通过我的死亡观照我的一生,结果只看到一系列已完成的事情,既不能增加,也不能减少。你们想象得出我安然无事的程度了吧?对我来说不存在什么偶然事故,我遇到的只不过是上天安排的假事故。报纸让人相信街头四处隐藏着横行霸道的人,偷盗小老百姓。而我,生来命运不凡,撞不见这等人。也许有一天我会掉胳膊断腿或双目失明,但这一切都是为同一个目的服务,我的不幸只是考验,只是促使我创作出书的手段。我学会忍受悲伤和疾病,从中看到通向隆重葬礼的起点,看到为我开拓的通天台阶。这种颇唐突的操心没有使我不快,相反我一心要表现得名副其实。我把坏事看作变成好事的条件,连我的错误都有用处,就是说我犯的错误算不上什么错误。

十岁的时候,我对自己已有信心,一方面很有节制,另一方面让人受不了,因为我把失败看作死后胜利的条件。双目失明或双腿残废,或犯错误陷入歧途,总之在不断吃败仗之后,最后赢得战争。对出类拔萃的人物所进行的考验和由我负责任的失败,在我看来,两者没有区别。这就是说在我眼里,我的罪过实际上就是不幸事件,我愿意承担不幸意味着愿意承担错误。我简直不能得病,一有病痛,哪怕麻疹或鼻炎,就宣布自己有过错:我放松了警惕,忘记了穿大衣或戴围巾。

我总愿意责备自己,不肯怨天尤人,这不是因为天性朴实,而是要靠自己安身立命。这种自命不凡并不排斥谦卑。我很乐意认为自己可能犯错误,因为我的失败证明我走在通向尽善的捷径上。我设法在自己的生命中捉摸到某种不可抗拒的引力,能不断迫使我取得新的进步,哪怕我自己非常不情愿。

所有的孩子都知道他们在进步。再说人家也不让他们蒙在鼓里:"应该取得进步……在进步中……可靠的进步……不断的进步……"成人给我们讲法国历史,说第一共和国不太稳定,之后有第二共和国,然后是第三共和国,这是一个好的共和国,有二必有三嘛。当时激进党人的纲领表现出资产阶级的乐观主义:财富不断充裕,由于才智出众的人和小产业主急剧增加,因而贫困化已消灭。我们这些小先生,生得适时,满意地发现我们个人的进步体现了全民族的进步。但想超过他们父辈的人却不多,大部分人只等待着长大成人,到一定的时候,他们停止长个儿,停止发育,那时他们四周的社会自然而然会变得更美好,更安逸。我们之中有些人迫不及待地等着这个时刻到来,但有些人带着恐惧的心理,还有些人带着遗憾的心情。至于我,在接受使命之前,在漫不经心中长大成人:将来能否跻身显要,我根本不在乎。外祖父觉得我个儿矮小,为此十分伤心。外祖母为了气他,对他说:"他准是萨特家的个儿。"外祖父装做没有听见,站到我跟前,目测我的身高,终于说:"他长高了。"但口气不坚定。我对他的不安和希望一概无动于衷。野草也长个儿嘛,足见人可以长高,但不失其野。我当时关注的问题是永垂不朽。当年岁增长之后,一切都变了,好好干已经不够,必须一个小时比一个小时干得更好。我只有一条原则:向上攀登。为了培养我的抱负并掩盖其过分,我求助于普遍的经验:我想在童年动摇不定的进步中看到我命运的初步成果。这种实实在在的进步,虽然微小和平常,却给了我感到自己往上升的幻觉。在公共场合,我公开接受同班级和同代人的观念:我们受益于既得的成绩,得益于已有的经验。过去丰富了现在。在单独一个时,我远远没有感到满足。我不能接受从外部获得的存在,不能接受通过惰性保持的存在,不能接受内心活动受前人活动的制约的说法。既然我是未来的人们所期待的对象,那我干脆跳跃前进,堂堂正正,一气呵成,每时每刻都是我的不断再生,我希望看到内心的情感迸发出火花。为什么非要过去来丰富我呢?过去对我没有作用,相反,是我自己从死灰中再生,用不断的创新把自己从虚无中解脱出来。我越再生越完好、越善于运用内心的惰性储存,道理很简单,因为我越接近死亡越看清死亡的真相。人们常对我说,过去推动着我们,但我深信未来吸引着我。要是我感到自己干活拖沓,或才能施展缓慢,我就会不高兴。我把资产阶级的进取精神硬塞进心里,把它变成了内燃机。我让过去向现在低头,让现在向未来屈服;把平稳的进化论改变成间断的革命灾变说。几年前有人向我指出,我的戏剧和小说中的人物在危急时刻突然做出决定。眨眼之间,《苍蝇》中的俄瑞斯忒斯就转变了。自然如此,因为我按自己的形象塑造我的人物,并非原封不动地照搬我的形象,而是按照我渴望成为的形象加以塑造。

我成为背叛者,并坚持背叛。尽管我全心全意投入我的事业,尽管我对工作全力以赴,尽管我真心诚意结交友谊,尽管我发脾气时毫不掩饰,但我很快便否认自己。我知道这一点,也愿意这么做。正在激情高昂的时候,我已经开始背叛自己,高兴地预感到我未来的背叛。大致而言,我与常人一样履行我的诺言,我的友情和行为虽则始终不渝,但我容易感到新的冲动,比如观赏古迹、名画、风景。有一个时期我感到最后看到的总是最美的。我有时引起朋友们的不满:当我们一起回顾他们所珍视的事情时,我的言谈很不敬,或干脆很轻率,为的是使自己相信我对过去的事情已不屑一顾。由于我颇不喜欢自己,就寄希望于未来,结果更不喜欢自己,随着时间毫不容情地向前进,我越来越觉得自己差劲。昨天我干得不好,那是昨天的事;而今天我已经预感到明天我对自己严厉的评判。总之,不能挨得太近。我对自己的过去敬而远之。少年,中年,刚消逝的去年,已经一去不复返了,已属旧时代。新时代此时此刻宣告诞生,但决不固定下来,因为明年就要把它彻底埋葬。尤其是我的童年,我早已把它一笔勾销。我开始写这本书的时候,花费了许多时间才回忆起童年的大概轮廓。我三十岁的时候,有些朋友感到奇怪:"好像你既没有双亲又没有童年似的。"我傻乎乎居然十分得意。不过,我十分喜欢和尊重某些人,尤其是妇女——对他们的志趣和欲望,对他们从前的事业,对消逝的节日,始终不渝地保持朴实忠诚的态度。我欣赏他们以不变应万变的意志,欣赏他们牢记一切的愿望,甚至到死他们还记得洋娃娃、乳牙、初恋。我认识一些人,他们到了暮年还非得找年轻时爱过而没有到手的老女人睡觉。还有一些人对已故的人怀恨在心,或者不肯承认二十年前犯的小过失,甚至耿耿于怀。而我,我从不积怨,出于好意承认一切;我善于做自我批评,条件是出于我自愿,不由别人强加。有人曾在一九三六年或一九四五年跟当时的我过不去,那和现在的我有什么关系?我把这些都记在当时那个我的名下了。谁叫他太笨,不会让人家尊重。一天遇到一个老朋友,他说话带刺,对我心怀不满了十七年,事因是在某个特定的场合,我对他失礼了。我模模糊糊记得当年出于自卫做了反击,指责他太敏感、太胡搅蛮缠,总之对那件事我发表了个人见解。这次会面,我非常乐意听取他的想法,完全同意他的意见。我责备自己当时出于虚荣心,表现自私,没有心肝,总之,乐意承认一无是处。我对自己头脑清醒感到欣喜。要知道这么心甘情愿承认错误,证明我不会再犯类似的错误了。人家相信我的话吗?不,我的正直和毫无隐讳的坦白相反更加激怒申诉人。他揭穿了我,知道我在利用他。他怨恨的是我,活着的我,包括现在和过去,他深知我依然如故,而我却扔给他一具僵死的遗物,为的是乐于感到我自己像初生的孩子。到头来,我发火了,对这个鞭尸的狂怒者很不满意。反之,如果有人提醒我说在某个场合我表现不错,我一摆手就把此事忘了。人家以为我谦虚,其实恰恰相反,我认为今天干得好一些,明天还要好得多。中年作家不喜欢人家过分肯定他们的处女作,而我敢说我最不喜欢这类赞扬。我最好的书是我正在写的书,然后才是最近出版的书,但我心里已经开始腻烦了。要是批评家今天觉得这本书不好,他们也许会使我不快,但六个月之后,我差不多会同意他们的意见。但有一个条件,那就是不论他们认为这本书如何贫乏和无价值,我毕竟要求他们把它放在比它更早写出的东西之上。我同意所有作品被全盘贬斥,只要把它按出版时间加以评论就行,唯有出版顺序能给我写好书的机会,明天写得更好,后天写得好上加好,最后以一部杰作告终。

自然我明白这是办不到的,事实上我们经常炒冷饭。但这一点我新近才觉悟到。我旧时的信念动摇了,不过还没有完全泯灭。我一生中有几个严厉的见证人,他们不放过我的任何小毛病,经常揪我的辫子,说我重蹈覆辙。他们直言相告,我相信他们言之有理,最后为之庆幸:昨天我多么盲目啊。我今天的进步就在于明白了我停滞不前。有时我自己成了原告的证人。例如,我想起两年前写过一页东西,可以供我使用,但找来找去找不着。心想这也好,我一时懒惰,想把一页旧货塞到新书里,现在既然找不着,干脆重写,今天写的肯定要好得多。等我写完后,却偶然发现了那页一时丢失的文字。实在令人惊讶:我两次写的,除了几个标点有差别外,无论内容和用词,一模一样。我犹豫了一下,终于把这页过时的东西扔进字纸篓,留下新写的文字。新写的似乎总比旧写的要高明。总而言之,我自我陶醉:幻想破灭之后,继续弄虚作假,尽管老朽昏庸,仍想享有登山运动员那种青春的活力。

　　十岁的时候,我还不了解我的怪癖和唠叨,怀疑是跟我不沾边的。我跳跳蹦蹦,喊喊喳喳,为街头的景象所吸引,不断脱颖新生,听得到旧壳一一脱落的声响。每当回到苏弗洛街,我每跨一步都感到在五彩缤纷的玻璃橱窗里倒映着我生活的节奏和规律,反映出我那对一切都不忠的任命。万物皆备于我。外祖母想配齐餐具,我陪她去陶瓷和玻璃制品商店。她指着一只盖上有红圆顶的大汤碗和一些印花盆子说,这些不太称她的心,她要的那种盆子上除有花外,还有沿花茎往上爬的小虫。老板娘生气了。她很清楚我外祖母要的货,曾经卖过,但三年来不生产了。而这些新近出的盆子质地精美,至于花上有没有小虫,无关紧要,花总是花呗,谁会吹毛求疵注意小虫呢?我外祖母不以为然,她坚持让人去看看有没有库存。

去看库存当然可以,但要时间呀。老板娘一个人在店里,伙计刚下班走了。人家把我安置在一个角落里,叮嘱我什么也别碰。我被遗忘在那儿,不知所措地望着周围那些易碎的物品,那些布满灰尘的闪光的器皿,还有已故帕斯卡尔①的面具和画有法利埃尔总统②肖像的便壶。不管表面上如何,我只是个虚假的配角。有些作家正是这样把"不重要的角色"推到前台,而把主人公放在不显眼的地位,这叫作伏笔。但读者不上当,他先翻阅最后一章看看小说是否圆满结束,已经知道这个靠在壁炉上的苍白的小伙子肚子里装着三百五十页书,三百五十页爱情和历险的故事。其实我至少有五百页,我就是长篇故事的主人公,结尾圆满。这个故事,我早已停止对自己讲了,有什么用呢?无非使自己感到浪漫罢了。尴尬的老妇人,陶器上的花朵和整个商店被时间往后抛。黑裙子褪色了,声音模糊不清了,我可怜的外祖母,故事的第二部分肯定见不着她了。我则是故事的开始,中间和结尾,三者集中在一个小小的孩子身上,所以也可以说我是老小孩,死小孩,在此地默默无闻地被埋在比我还高的盆子堆里,在外面,在遥远的地方,则享受着声誉带来的无上哀荣,我是处在行程起点的原子,也是与终点撞击后反弹回来的振波。起点和终点集中于我,两面向我夹攻。我一手碰到我的坟墓,一手抓住我的摇篮。我感到自己生命短暂而辉煌,好似一个消失在黑暗中的闪电。

然而,无聊仍一直纠缠着我,时而不引人注目,时而使我

---

① 帕斯卡尔(1623—1662),法国学者,思想家和作家。
② 法利埃尔(1841—1931),法国政治家;一九〇六至一九一三年间任共和国总统。

反感,等无聊到忍无可忍的时候,我便屈服于最致命的诱惑:俄耳甫斯操之过急,结果失去了欧律狄刻①;我操之过急,结果常常晕头转向。我苦于无所事事,有时旧病复发,又疯狂起来,而恰恰这时应忘记疯狂,应暗中控制疯狂,并把我的注意力转移到外部事物。凡遇到这种情况,我就想当即认清自己,一下子抓住纠缠我的全部东西。真倒霉!进步,乐天,令人愉快的背叛和秘而不宣的归宿,总之我自己创造的一切土崩瓦解了,唯有皮卡尔夫人的预言尚存。但尚存的预言对我有什么用处呢?这种权威性的判断空洞无物,旨在笼统地挽救我失去的分分秒秒。未来一下子变得干巴巴,剩下一个骨架子。我感到在这个骨架子里生存极为困难,但是我发现根本无法摆脱。

记不清是什么时候了。有一天在卢森堡公园,我坐在一张长凳上:安娜-玛丽要我坐在她身旁休息,我浑身是汗,那是跑得过多的缘故。这至少是事情的顺序。我无聊至极,竟狂妄地把顺序颠倒过来:我奔跑,为的是出一身大汗,好让我母亲有机会唤回我。一切行动的目的地是长凳,一切行动必须在长凳结束。长凳起什么作用?我不知道。对此我不在乎,但整个过程的各个印象,我却记忆犹新,反正全部有一个目的。这个目的,我迟早会知道的,我的侄儿们将来也会知道的。我摆动两条不着地的小腿,看到一个人走过,他背着一只包裹,原来是一个驼子:这有用处。我得意地对自己重复道:

---

① 典出希腊神话传说,俄耳甫斯是善弹竖琴的歌手。他的妻子欧律狄刻死后,他追到阴间,获准把妻子带回人间,条件是在路上不许回头。但俄耳甫斯急不可耐,当他接近地面时违约回首看妻子在不在,结果欧律狄刻变成了石头。

"我坐着不动极为重要。"但无聊反而加剧了,我憋不住偷偷观察自己:我不想获得什么了不起的启示,只想捕捉我此时此刻的意义,体会其迫切性,享有一点未卜先知的机能,我认为缪塞和雨果便有这种机能。自然,我如同坠入五里雾中。抽象地要求肯定自己的不可缺少性,顿悟自己的存在其实并无目的性,这两者并行不悖,既不打架,也不混淆。我一心想自我逃避,重温腾云驾雾的神速。俱往矣!魔法已破。我的腿弯发麻,身体扭动起来。巧得很,正在这时,上苍委任我新的使命:我重新奔跑极为重要。于是,我跳下地,飞奔起来,跑到路头,转身一看:什么也没有变化,什么也没有发生。但对这次失望,我用语言向自己掩饰:我声称,一九四五年在奥里亚克的一间带家具出租的房间里,这次奔跑将产生不可估量的意义。因此我欣喜若狂地宣布,我十分满意。我强迫圣灵做出反应,向他表示信任:我疯狂地发誓不辜负圣灵给我的机会。这一切十分微妙,而且非常伤脑筋,我心里明白。母亲已经急匆匆过来,又是毛衣,又是围巾,又是外套,我乖乖地让她一层层地裹,最后成了一个包裹,还得忍气吞声地回苏弗洛街,瞧门房特里贡的小胡子,听液压电梯的噼啪声。不管怎么说,多灾多难的小追求者终于回到书房,从一张椅子坐到另一张椅子,拿起书,翻阅一本扔掉一本。我走近窗户,发现窗帘下有一只苍蝇,我把它赶到窗帘的一个皱褶里,逼得它走投无路,然后向它伸去一只凶杀的食指。这个时刻不包括在总进程表里,纯属额外,不算数的,绝无仅有,僵死不变,而且天机不会泄漏:那天晚上不会,以后也不会,奥里亚克城的人永远不会知道这起纠纷。人类已熟睡,而杰出的作家——这位圣人决不会伤害一只苍蝇的——已经退场。孩子单独一人,一时感到烦闷没有出路,需要强烈的感受,那种想凶杀的感受。既然不让我有人的命运,那我就来主宰一只苍蝇的命运。我不慌不忙,让苍蝇猜猜扑向它的巨人是谁。我摁下食指,苍蝇成了肉酱,结果受愚弄的却是我自己!真不应该杀死它,天晓得!所有的生物中只有这个小生命怕我,现在谁也不买我的账了。既然杀了虫,我便取代受害者,自己成了虫子。我成了苍蝇,而且一直是苍蝇。这次我把事情讲透了。现在没有别的事可干,只好从桌子上拿起《科科朗上尉的奇遇》①,一屁股坐在地毯上,随便翻到哪一页,反正已翻阅无数次了。我感到非常厌倦,非常忧伤,甚至麻木不仁了。但一开始读故事,我就忘乎所以了。科科朗在空无一人的书房里打猎,腋下夹着卡宾枪,背后有母虎跟随。丛林的矮树匆匆地在他们周围后退。远处我安排了一些树,猴子在树枝间跳来跳去。突然母虎路易宗大吼起来,科科朗停住不动:大敌当前!这是我选择的激动人心的时刻,我的光荣有了归宿。人类惊醒,求我援救,圣灵悄悄地在我耳边下达振奋人心的启示:"如果你不是早跟我结下不解之缘,你就不会来找我了。"这句恭维话算是白说了,因为此地除了骁勇的科科朗之外,没有别人听得见。顶天立地的作家却好像在立等这句恭维话,听了之后立即重新上场。一个曾侄孙侧着金发的头在阅读我的历史,泪水润湿了他的眼睛。未来的光明使我的心充满阳光,我沉浸在无限的爱中。我乖乖地读下去,阳光终于消失了。我什么感觉也没有,只感到一种节奏,一种不可抗拒的冲击。我开动了,

---

① 法国作家阿弗雷德·阿索朗(1827—1896)的小说,全名为《科科朗上尉奇妙而真实的奇遇》(1867)。

其实早已开动。我在向前进,马达隆隆。我感觉到心灵在飞速跳动。

综上所说,我的一生以逃避开始,外部力量使我逃避,从而塑造了我。宗教通过陈旧的文化观念,作为原型,显露出幼稚性,这对孩子来说,再容易接受不过了。人们教我圣史、圣经、信条。却没有给我提供相信的手段,结果引起了混乱,而这种混乱造成了我的特殊品性。信念,如地壳褶皱似的发生了周折,大大转移了。我对天主教的神圣信念转移到了纯文学;我成不了基督教徒,却找到了他的替身:文人。文人的唯一使命是救世,他活在世上的唯一目的是吃得苦中苦,使后人对他顶礼膜拜。死亡只是一种过渡仪式,万古流芳成了宗教永生的代用品。为了确信人类永远与我共存,我主观上确定人类将无止境地存在下去。我在人类中间瞑目,就等于再生和永存。但要是有人在我面前假设有朝一日大难降临,地球毁灭,哪怕要五万年之后,我也会惊恐万状。如今,我虽已看破红尘,但想到太阳冷却仍不免感到忧虑。我的后人在我死后第二天就把我遗忘,我倒不在乎。只要他们世代活下去,我就能长存在他们中间,无名无姓,不可捉摸,但始终存在,如同在我身上存在亿万我不认识的死者,我使亿万死者免于遭受灭顶之灾。但如果人类一旦消亡,那么世世代代的死者将同归于尽。

这种神话其实非常简单,我毫不费劲就心领神会了。我既是耶稣教徒,又是天主教徒,这种双重教派的属性妨碍着我信神,即一般人所称的圣人、圣母、上帝。但是某种巨大的集体力量深深感染了我,在我的心里扎下根,时刻注视着我,这就是他人的信任。通常被信任的对象只要换个名称或做表面的变动,立即就被这种力量识破,遭到它的攻击,受到它的重创,然而乔装改扮却使我受骗上当。我自以为献身于文学,其实我接受了神职。在我身上,卑躬屈膝的信徒所持的信念变成自命不凡的天降大任。为什么上天没有降我大任呢?一切基督教徒难道不是预定灵魂得救的人吗?我野草似的生长在天主教教义的沃土上。我的根吸取其养分,从而制造自己的液汁。由此导致我自以为清醒,实为盲目,害了我三十年。

一九一七年在拉罗歇尔的一天早晨,我等同学一起去上学,他们迟迟不来,我等得不耐烦,无事可干,决定想想上帝。转瞬间,上帝从九重天上滚落下来,无缘无故地不见踪影了。我颇为礼貌地表示惊讶,心想:上帝不存在。从此我以为万事大吉了。从某种意义上来讲的确如此,因为后来我从未想使上帝复活。但他人依然存在,即看不见的人,圣灵,此人确保我的委任,并以无名而神圣的伟大力量指导我的一生。要摆脱他,我感到困难重重,因为他躲在我的脑后,化装成概念,让我用来了解自己,确定自己的地位,为自己辩护。长期以来,我通过写作向死神、向戴着面具的宗教请求把我从偶然中解脱出来。我是教会的一员。作为活动分子,我想用我的著作解救自己。作为狂热的信仰者,我企图用令人不快的文字揭示沉默的存在,我把事物和事物的名称混为一谈,这也是信仰。我眼花缭乱,只要眼睛继续发花,我就认为自己太平无事。三十岁的时候,我成功地露了一手:在《恶心》中描写了我的同类多余而不快的人生——这完全是心里话,读者尽可以相信——同时为自己的人生开脱。我当年是罗冈丹①,通

---

① 《恶心》中的主人公。

过他表现我生活的脉络,但并不感到得意。同时,我是我自己,命运不凡的人,地狱的编年史家,并对自己的原生质浆进行显微透视摄影。后来我乐陶陶地论述人是怪诞的。我自己就很怪诞,我跟他人的区别仅在于我被委任说明这种怪诞性。一旦意识到这一点,怪诞性就改观了,变成了我内心深处的潜力,变成了我完成使命的对象和我获得光荣的跳板。我囿于这种自圆其说,没有看穿。我用这套理论来观察世界。弄虚作假已入骨髓,路子走错了,但我仍津津乐道地描摹我们不幸的人生。根据教条,我怀疑一切,只不怀疑自己;我用一只手恢复被另一只手摧毁的东西,把不安视为我安全的保障。我那时候很幸福。

以后我变了。我准备将来叙述怎样的酸楚侵蚀缠裹了我、使我产生幻觉的轻纱,何时和如何尝试暴力和发现我的丑陋——这长期是我的消极因素,如同有腐蚀性的生石灰,摧毁着神童的心灵——以及出于何种原因我经常性地否论自己,甚至根据一种思想使我不快的程序判断其是否正确。追溯性的幻想已破灭,什么殉道,什么救世,什么不朽,一切皆倾塌,大厦成了废墟,我在地窖里逮住圣灵,然后把它逐走。树立无神论要经过长期而痛苦的努力,我认为已经彻底树立了。现在,我心明眼亮,不抱幻想,认清自己真正的任务,无疑配得上荣获公民责任感奖。近十年来,我是一个觉醒的人,久疯痊愈,铲除了甜酸苦辣的疯根,反而大吃一惊。我想起积习不禁好笑,但不知道此生今后留作何用,我又回到七岁时无票旅行的地位:检票员进入我的车厢,望着我,没有以前那么严肃了,其实他只想尽早走开,让我安稳地旅行,只要给他一个站得住脚的托辞,他就满足了。可惜我找不到任何托辞,况且我无心寻找,我们就这样面对面尴尬地一直待到第戎,而我知道第戎没有任何人在等待着我。

我解除了包围,但我没有还俗。我一直写作。我不干这个干什么?

Nulla dies sine linea①。

这是我的习惯,再说也是我的职业。我长期把我的笔当作剑,现在我认识到我们无能为力。不管怎么说,我现在写书,将来继续写书,反正书还是有用的。文化救不了世,也救不了人,它维护不了正义。但文化是人类的产物,作者把自己摆进去,从中认识自己,只有这面批判的镜子让他看到自己的形象。此外这座破旧不堪的大厦,即我的假象,成了我的特性,我虽已摆脱神经症,但本性是改不了的。儿时的种种特性尽管大大减弱,遭到消磨,受到挫损,吃不开了,不出头露面了,但仍残存在五十来岁的人身上,大部分时间龟缩在阴暗的角落里,等待时机,趁你稍不提防,便抬头翘尾,以新的伪装出现在光天化日之下。我真心诚意断言只为我的时代写作,但我对现时的盛名很恼火。这算不上什么光荣,因为我还活着,仅此一条就足以推翻我往日的幻想。是不是我暗自还抱有幻想?不尽然。我想,我的幻想已改编过了,因为我失掉了默默无闻死去的机会,有时反倒庆幸被人误解哩。格里塞利迪斯没有死,帕达扬仍跟我形影不离,斯特罗戈夫阴魂未散。我隶属于他们,他们隶属于上帝,而我不相信上帝。请你们想想如何理清其中的关系吧。就我来说,我理不清,有时怀疑我是否在玩输家算赢家的游戏,竭力践踏往日的希望,为的是得到百

---

① 拉丁文:无日不写作。

倍的偿还。在这种情况下,我将成为菲洛克忒忒斯①,卓尔不群,但臭不可闻。这个残废者愿奉献一切,直至无条件交出宝弓,但可以肯定他暗地里在期待着报偿。

"随他去吧,"妈咪会说,"做人嘛,悠着点儿,别太费劲啦。"

我感到我的疯狂有可爱之处,那就是起了保护我的作用,从第一天起就保护我不受争当"尖子"的诱惑。我从来不认为自己是具有"天才"的幸运儿。我赤手空拳,身无分文,唯一感兴趣的事是用劳动和信念拯救自己。这种纯粹的自我选择使我升华而不凌驾于他人之上。既无装备,又无工具,我全心全意投身于使我彻底获救的事业。如果我把不现实的救世观念束之高阁,还剩什么呢?赤条条的一个人,无别于任何人,具有任何人的价值,不比任何人高明。

---

① 菲洛克忒忒斯,希腊神话传说中的神箭手,参加特洛亚远征途中被蛇咬伤,伤口化脓,臭不可闻,被同伴抛弃在一座荒岛上,后特洛亚久攻不克,又把他请到战场,射死特洛亚王子帕里斯。

"外国文学名著丛书"书目

第 一 辑

书 名	作 者	译 者
伊索寓言	〔古希腊〕伊索	周作人
源氏物语	〔日〕紫式部	丰子恺
堂吉诃德	〔西班牙〕塞万提斯	杨绛
泰戈尔诗选	〔印度〕泰戈尔	冰心 石真
坎特伯雷故事	〔英〕杰弗雷·乔叟	方重
失乐园	〔英〕约翰·弥尔顿	朱维之
格列佛游记	〔英〕斯威夫特	张健
傲慢与偏见	〔英〕简·奥斯丁	王科一
雪莱抒情诗选	〔英〕雪莱	查良铮
瓦尔登湖	〔美〕亨利·戴维·梭罗	徐迟
欧·亨利短篇小说选	〔美〕欧·亨利	王永年
特利斯当与伊瑟	〔法〕贝迪耶	罗新璋
巨人传	〔法〕拉伯雷	鲍文蔚
忏悔录	〔法〕卢梭	范希衡 等
欧也妮·葛朗台 高老头	〔法〕巴尔扎克	傅雷
雨果诗选	〔法〕雨果	程曾厚
巴黎圣母院	〔法〕雨果	陈敬容
包法利夫人	〔法〕福楼拜	李健吾
叶甫盖尼·奥涅金	〔俄〕普希金	智量
死魂灵	〔俄〕果戈理	满涛 许庆道

书　名	作　者	译　者
当代英雄	〔俄〕莱蒙托夫	草　婴
猎人笔记	〔俄〕屠格涅夫	丰子恺
白痴	〔俄〕陀思妥耶夫斯基	南　江
列夫·托尔斯泰中短篇小说选	〔俄〕列夫·托尔斯泰	草　婴
怎么办？	〔俄〕车尔尼雪夫斯基	蒋　路
高尔基短篇小说选	〔苏联〕高尔基	巴　金　等
浮士德	〔德〕歌德	绿　原
易卜生戏剧四种	〔挪〕易卜生	潘家洵
鲵鱼之乱	〔捷〕卡·恰佩克	贝　京
金人	〔匈〕约卡伊·莫尔	柯　青

第 二 辑

荷马史诗·伊利亚特	〔古希腊〕荷马	罗念生　王焕生
荷马史诗·奥德赛	〔古希腊〕荷马	王焕生
十日谈	〔意大利〕薄伽丘	王永年
莎士比亚悲剧五种	〔英〕威廉·莎士比亚	朱生豪
多情客游记	〔英〕劳伦斯·斯特恩	石永礼
唐璜	〔英〕拜伦	查良铮
大卫·科波菲尔	〔英〕查尔斯·狄更斯	庄绎传
简·爱	〔英〕夏洛蒂·勃朗特	吴钧燮
呼啸山庄	〔英〕爱米丽·勃朗特	张　玲　张　扬
德伯家的苔丝	〔英〕托马斯·哈代	张谷若
海浪　达洛维太太	〔英〕弗吉尼亚·吴尔夫	吴钧燮　谷启楠
哈克贝利·费恩历险记	〔美〕马克·吐温	张友松
一位女士的画像	〔美〕亨利·詹姆斯	项星耀
喧哗与骚动	〔美〕威廉·福克纳	李文俊
永别了武器	〔美〕欧内斯特·海明威	于晓红

书 名	作 者	译 者
波斯人信札	〔法〕孟德斯鸠	罗大冈
伏尔泰小说选	〔法〕伏尔泰	傅 雷
红与黑	〔法〕司汤达	张冠尧
幻灭	〔法〕巴尔扎克	傅 雷
莫泊桑中短篇小说选	〔法〕莫泊桑	张英伦
文字生涯	〔法〕让-保尔·萨特	沈志明
局外人 鼠疫	〔法〕加缪	徐和瑾
契诃夫小说选	〔俄〕契诃夫	汝 龙
布宁中短篇小说选	〔俄〕布宁	陈 馥
一个人的遭遇	〔苏联〕肖洛霍夫	草 婴
少年维特的烦恼	〔德〕歌德	杨武能
德国,一个冬天的童话	〔德〕海涅	冯 至
绿衣亨利	〔瑞士〕戈特弗里德·凯勒	田德望
斯特林堡小说戏剧选	〔瑞典〕斯特林堡	李之义
城堡	〔奥地利〕卡夫卡	高年生

第 三 辑

埃斯库罗斯悲剧二种	〔古希腊〕埃斯库罗斯	罗念生
索福克勒斯悲剧二种	〔古希腊〕索福克勒斯	罗念生
欧里庇得斯悲剧二种	〔古希腊〕欧里庇得斯	罗念生
神曲	〔意大利〕但丁	田德望
西班牙流浪汉小说选	〔西班牙〕克维多 等	杨绛 等
阿拉伯古代诗选	〔阿拉伯〕乌姆鲁勒·盖斯 等	仲跻昆
列王纪选	〔波斯〕菲尔多西	张鸿年
蕾莉与马杰农	〔波斯〕内扎米	卢 永
莎士比亚喜剧五种	〔英〕威廉·莎士比亚	方 平
鲁滨孙飘流记	〔英〕笛福	徐霞村

书 名	作 者	译 者
彭斯诗选	〔英〕彭斯	王佐良
艾凡赫	〔英〕沃尔特·司各特	项星耀
名利场	〔英〕萨克雷	杨 必
人性的枷锁	〔英〕威廉·萨默塞特·毛姆	叶 尊
儿子与情人	〔英〕D.H.劳伦斯	陈良廷 刘文澜
杰克·伦敦小说选	〔美〕杰克·伦敦	万 紫 等
了不起的盖茨比	〔美〕菲茨杰拉德	姚乃强
木工小史	〔法〕乔治·桑	齐 香
恶之花 巴黎的忧郁	〔法〕波德莱尔	钱春绮
萌芽	〔法〕左拉	黎 柯
前夜 父与子	〔俄〕屠格涅夫	丽 尼 巴 金
卡拉马佐夫兄弟	〔俄〕陀思妥耶夫斯基	耿济之
安娜·卡列宁娜	〔俄〕列夫·托尔斯泰	周 扬 谢素台
茨维塔耶娃诗选	〔俄〕茨维塔耶娃	刘文飞
德国诗选	〔德〕歌德 等	钱春绮
安徒生童话选	〔丹麦〕安徒生	叶君健
外祖母	〔捷〕鲍·聂姆佐娃	吴 琦
好兵帅克历险记	〔捷〕雅·哈谢克	星 灿
我是猫	〔日〕夏目漱石	阎小妹
罗生门	〔日〕芥川龙之介	文洁若

第 四 辑

一千零一夜		纳 训
培根随笔集	〔英〕培根	曹明伦
拜伦诗选	〔英〕拜伦	查良铮
黑暗的心 吉姆爷	〔英〕约瑟夫·康拉德	黄雨石 熊 蕾
福尔赛世家	〔英〕高尔斯华绥	周煦良

书 名	作 者	译 者
月亮与六便士	〔英〕威廉·萨默塞特·毛姆	谷启楠
萧伯纳戏剧三种	〔爱尔兰〕萧伯纳	潘家洵 等
红字 七个尖角顶的宅第	〔美〕纳撒尼尔·霍桑	胡允桓
汤姆叔叔的小屋	〔美〕斯陀夫人	王家湘
白鲸	〔美〕赫尔曼·梅尔维尔	成 时
马克·吐温中短篇小说选	〔美〕马克·吐温	叶冬心
老人与海	〔美〕欧内斯特·海明威	陈良廷 等
愤怒的葡萄	〔美〕斯坦贝克	胡仲持
蒙田随笔集	〔法〕蒙田	梁宗岱 黄建华
悲惨世界	〔法〕雨果	李 丹 方 于
九三年	〔法〕雨果	郑永慧
梅里美中短篇小说选	〔法〕梅里美	张冠尧
情感教育	〔法〕福楼拜	王文融
茶花女	〔法〕小仲马	王振孙
都德小说选	〔法〕都德	刘 方 陆秉慧
一生	〔法〕莫泊桑	盛澄华
普希金诗选	〔俄〕普希金	高 莽 等
莱蒙托夫诗选	〔俄〕莱蒙托夫	余 振 顾蕴璞
罗亭 贵族之家	〔俄〕屠格涅夫	陆 蠡 丽 尼
日瓦戈医生	〔苏联〕帕斯捷尔纳克	张秉衡
大师和玛格丽特	〔苏联〕布尔加科夫	钱 诚
茨威格中短篇小说选	〔奥地利〕斯·茨威格	张玉书 等
玩偶	〔波兰〕普鲁斯	张振辉
万叶集精选	〔日〕大伴家持	钱稻孙
人间失格	〔日〕太宰治	魏大海

第 五 辑

书　名	作　者	译　者
泪与笑　先知	〔黎巴嫩〕纪伯伦	冰　心　等
华兹华斯 柯尔律治 诗选	〔英〕华兹华斯 柯尔律治	杨德豫
济慈诗选	〔英〕约翰·济慈	屠　岸
汤姆·索亚历险记	〔美〕马克·吐温	张友松
大街	〔美〕辛克莱·路易斯	潘庆舲
田园三部曲	〔法〕乔治·桑	罗　旭　等
金钱	〔法〕左拉	金满成
果戈理小说戏剧选	〔俄〕果戈理	满　涛
奥勃洛莫夫	〔俄〕冈察洛夫	陈　馥
谁在俄罗斯能过好日子	〔俄〕涅克拉索夫	飞　白
亚·奥斯特洛夫斯基戏剧六种	〔俄〕亚·奥斯特洛夫斯基	姜椿芳　等
复活	〔俄〕列夫·托尔斯泰	草　婴
静静的顿河	〔苏联〕肖洛霍夫	金　人
谢甫琴科诗选	〔乌克兰〕谢甫琴科	戈宝权　任溶溶
维廉·麦斯特的学习时代	〔德〕歌德	冯　至　姚可崑
叔本华随笔集	〔德〕叔本华	绿　原
艾菲·布里斯特	〔德〕台奥多尔·冯塔纳	韩世钟
豪普特曼戏剧三种	〔德〕豪普特曼	章鹏高　等
铁皮鼓	〔德〕君特·格拉斯	胡其鼎
加西亚·洛尔卡诗选	〔西班牙〕加西亚·洛尔卡	赵振江
你往何处去	〔波兰〕亨利克·显克维奇	张振辉
显克维奇中短篇小说选	〔波兰〕亨利克·显克维奇	林洪亮
裴多菲诗选	〔匈〕裴多菲	孙　用
轭下	〔保〕伐佐夫	施蛰存

书　名	作　者	译　者
卡勒瓦拉（上下）	〔芬兰〕埃利亚斯·隆洛德	孙　用
破戒	〔日〕岛崎藤村	陈德文
戈拉	〔印度〕泰戈尔	刘寿康